W0270644

Wieder für Sabeth, ohne die dieses Buch nicht möglich gewesen wäre

Inhalt

Wofür gibt es schließlich Profis? 9
Eine Frage der Ehre 19
Weihnachten mal ganz anders 27
Babyphonie 35
Alles, nur kein Schlüsseldienst! 45
Mein schmutziges Geheimnis 51
Ich wette, morgen bin ich krank! 59
Bürokratenmarathon 66
Wer hat meine Hemden geschrumpft? 73
Abrüstungsgespräch 80
Die Speisekarte 87
Spinnenfeind 93
Der Toilettenschreck 101
Dennis, der Schwätzer 107
High Noon am Bahnsteig 115
Das Böse in der Küchenzeile 120
Osterhasen-Terror 125
Der Pantoffelmann 133
Der Senkelgänger 141
Tasche ohne Boden 152

Wofür gibt es schließlich Profis?

Zum ersten Mal hatte ich das Pfeifen in meinem Ohr, als ich mir das Gesicht wusch. Ich bin nicht jemand, der seine Liebste unnötig beunruhigt. Also wartete ich, bis auch sie aus dem Bad kam. «Nicht dass du dir Sorgen machst», kam sie mir zuvor. «Aber ich hatte gerade so ein Pfeifen im Ohr.»

Wir fanden heraus, dass das Pfeifen nur im Badezimmer auftrat, und zwar irgendwo in der Wand zwischen Waschbecken und WC-Spülung. Es war nicht laut; wenn wir die Spülung drückten, war es nicht zu hören. Aber wer will schon ständig die Spülung drücken?

«Versuche ja nicht, das selber zu reparieren», sagte meine Liebste. «Du bist zu ungeschickt – ich will nicht, dass dir etwas passiert. Wofür gibt es schließlich Profis?»

Im Branchenbuch suchten wir einen Klempner, der seinen Betrieb gleich in der Nähe hatte. Er nahm unsere Daten auf und versprach, später zurückzurufen, um einen Termin zu vereinbaren. Er rief nicht zurück.

Am nächsten Morgen gegen halb sieben erwachten wir von penetrantem Geklingel. Ich taumelte zur Wohnungstür.

«Guten Morgen», dröhnte der Klempner, «ich hatte in der Nähe zu tun und dachte, da komme ich gleich vorbei.»

Ich führte ihn ins Bad.

Der Klempner schlug ein paarmal prüfend auf den Spülkasten, fingerte eine Zange aus der Latzhose und schraubte am Wasserhahn herum, ohne dass sich an dem Pfeifen etwas änderte.

«Die Ventile», nickte er fachmännisch, «ich komme in den nächsten Tagen und bringe das in Ordnung.»

«Wann?», fragte ich. «Wann genau kommen Sie wieder?»

«Wenn ich in der Nähe bin», sagte er. «Ich rufe vorher an. Benutzen Sie den Wasserhahn besser solange nicht.»

«Warum nicht?» rief ich, aber er drehte sich nicht mehr um.

Wir wuschen uns einige Tage in der Küche.

Dann riss uns morgens um sechs das Telefon aus dem Schlaf. Bevor ich es erreichte, verstummte es. Kaum hatte ich mich wieder ins Bett fallen lassen, schellte es an der Tür.

«Ich habe angerufen», sagte der Klempner, der diesmal einen dicken Gehilfen dabeihatte. «Aber Sie sind nicht rangegangen.»

Beide schoben mich zur Seite, gingen ins Bad, lauschten dem Pfeifen und betrachteten abwechselnd Wasserhahn und Spülkasten. Dann zog der Gehilfe eine voluminöse Rohrzange und setzte sie am Wasserhahn an.

«Wo ist der Haupthahn?», fragte der Klempner.

«Der muss in der Küche sein», erwiderte ich, da schoss eine eiskalte Fontäne aus der Stelle, an der vorher noch unser Wasserhahn gewesen war.

«Welcher Idiot hat den Wasserhahn gelockert?», dröhnte der Klempner, als meine Liebste in der Küche den Haupthahn gefunden und abgedreht hatte. «Wir müssen unsere Kleider wechseln. Bringen Sie das hier solange in Ordnung.»

Wir benötigten sämtliche Schwämme und Küchenrollen, jede Menge Zeitungspapier und alle Handtücher, bis das Bad einigermaßen trocken war. Wir waren gerade fertig, als der Klempner und sein Gehilfe nach Kaffee riechend wiederkamen.

«Das Pfeifen ist immer noch da», berichtete meine Liebste.

Der Klempner wandte sich dem Spülkasten zu, öffnete ihn und starrte eine Zeitlang hinein. «Wir müssen den kompletten Wasserspülkasten durchchecken», informierte er uns. «Das wird nicht ganz einfach.»

Wir nickten anteilnehmend.

Der Klempner warf den Kastendeckel in die Ecke und ging mit seinem Gehilfen zur Tür.

«Moment», sagte ich. «Ich dachte, Sie wollten ...»

«Wir kommen in den nächsten Tagen wieder vorbei», beschied der Klempner. «Ich rufe Sie an. Und lassen Sie ja den Hauptwasserhahn zu.»

Wir fuhren vor der Arbeit noch rasch im Hallenbad vorbei, um zu duschen und die Haare zu waschen.

Am nächsten Morgen um halb sieben schrak ich aus unruhigem Schlaf hoch, wankte zur Tür und wartete. Nach zehn Minuten klingelte das Telefon. Ich riss den Hörer hoch.

«Wir kommen heute, 14 Uhr», informierte mich der Klempner.

«Das ist schwierig ...», begann ich, aber die Verbindung war schon unterbrochen.

Ich nahm einen halben Tag frei und war kurz vor 14 Uhr in der Wohnung.

Der Klempner kam nicht.

Ich wartete bis 15 Uhr und rief in seiner Firma an.

«Sie rufen außerhalb unserer Geschäftszeiten an», verkündete ein Band. «Wir sind bis 16 Uhr für Sie erreichbar.»

Um 15.30 Uhr ging ich einkaufen.

Vor der Tür fiel mein Blick auf einen parkenden Kombi. Am Steuer saßen zwei Männer, die ein Boulevardblatt lasen und mir bekannt vorkamen.

«Wir sind auf dem Weg zu Ihnen», sagte der Klempner, als ich ans Autofenster klopfte.

Ich verschob meine Einkäufe, eilte zurück in die Wohnung und wartete.

15 Minuten später tauchten die beiden auf und begannen, ächzend den Spülkasten zu demontieren.

Ich verhandelte gerade mit ein paar Nachbarn mögliche Zeiten, zu denen wir vorübergehend ihr Badezimmer benutzen konnten, da krachte es.

Im Bad lag der Spülkasten zerbrochen auf dem Boden, daneben die schwere Rohrzange; eine unserer Bodenfliesen aus gelbem Jerusalemstein hatte einen langen Riss.

Der Fliesenleger vereinbarte mit uns am Telefon einen Termin für übermorgen, 16 Uhr.

Das Pfeifen war immer noch da. Es war nur etwas schriller geworden, meinte meine Liebste, als sie abends heimkehrte.

Am nächsten Tag um 15 Uhr rief mich unser Nachbar Jo im Büro an: Er habe vor unserer Tür einen wütenden Herrn getroffen, der mit uns einen wichtigen Termin wegen unserer Badezimmerfliesen habe. «Sei froh, dass er überhaupt da ist«, raunte Jo noch, «du weißt doch, wie Handwerker sind. Ich halte ihn mit Kaffee und Kuchen hin, beeil dich!»

Ich war ohnehin zu unkonzentriert zum Arbeiten; der Gehilfe des Klempners hatte im Morgengrauen einen neuen Wasserkasten montiert, verkehrt herum, wie die anschließende Spülprobe ergab. Wir hatten zum Aufwischen unsere Bettwäsche genommen.

«Na endlich», begrüßte mich der Fliesenleger. Er hatte statt eines gelben Jerusalemsteins eine giftgrüne Küchenfliese dabei. «Was anderes in der Art war auf die Schnelle nicht zu bekommen», sagte er und zog ein Maßband aus der Tasche. «Sie sollten gleich den ganzen Boden neu fliesen lassen – es sieht nicht so toll aus, wenn eine einzige Fliese grün ist und alle anderen gelb. Ich mache Ihnen ein gutes Angebot.»

«Wir bleiben bei den alten Fliesen», entschied ich.

Enttäuscht packte er das Maßband wieder ein.

Wir vereinbarten einen neuen Termin, zu dem er mit der richtigen Fliese vorbeikommen würde. Er schlug Montag 11 Uhr vor. Ich schlug Montag 20 Uhr vor; ich sei leider berufstätig. Der Fliesenleger fragte, ob ich nicht Urlaub nehmen könne wie andere Kunden auch. Wir einigten uns auf 16 Uhr.

«Seien Sie aber pünktlich», sagte er. Ich fragte nach seiner Handynummer.

«Tut mir leid», sagte er. «Die kann ich nicht weitergeben. Sonst würde ja jeder anrufen, wann er will.»

«Ich wette, er kommt morgen früh», sagte meine Liebste später zu mir. «Er oder wieder dieser Klempner. Lass uns heute früh zu Bett gehen. Wir brauchen unseren Schlaf.»

Kaum waren wir eingeschlafen, klingelte es an der Tür.

Der Fliesenleger.

Er hatte den Jerusalemstein schon bestellt und war nur noch kurz vorbeigekommen, weil er die kaputte Fliese als Muster mitnehmen wollte.

Als er sie herausgestemmt hatte, entdeckte er, dass auch die benachbarten Fliesen an den Kanten frische, hässliche Kratzer hatten.

«Dass Ihnen das noch nicht aufgefallen ist!», sagte er. «Ich muss die auch auswechseln, wie sieht denn das sonst aus?»

Als er die dritte Fliese heraushob, fegte er mit dem Stemmeisen unseren Badezimmerspiegel von der Wand. «Keine Sorge», sagte der Fliesenleger, während wir die Scherben hastig beseitigten, damit er sich beim Arbeiten nicht schnitt. «Ich kenne einen guten Glaser. Der kommt in den nächsten Tagen vorbei, wenn Sie abends zu Hause sind.»

Am nächsten Morgen erwachten meine Liebste und ich zu gewohnter früher Morgenstunde und kleideten uns prophylaktisch an. Kurz darauf klingelte der Klempner, unterm Arm einen neuen Spülkasten. Als er den Kasten sah, den sein Gehilfe gestern bereits gebracht hatte, fluchte er und verschwand. Vergeblich riefen wir ihm nach, dass es immer noch pfiff.

Wir hatten die Tür noch nicht wieder geschlossen, da klingelten zwei weißbekittelte Männer. «Die Glaser», erklärten sie. «Wir waren gerade in der Nähe und dachten, es macht keinen Unterschied, ob wir morgens oder abends kommen.»

Als sie die Überreste unseres Spiegels sahen, murmelten die zwei etwas von «schwieriger Sonderanfertigung».

«Wir haben diesen Spiegel ganz normal im Geschäft gekauft», wandte ich ein.

«Ein Auslaufmodell», erklärte einer der beiden. «Nicht leicht nachzubauen. Zumal bei diesem hässlichen Pfeifen hier im Bad. Sie haben doch nichts dagegen, wenn wir die Maße variieren?»

Wir einigten uns darauf, dass auch der neue Spiegel wieder über das Waschbecken passen sollte. Dann gingen die Glaser zum Auto, um die Maßbänder zu holen, die sie vergessen hatten.

Es klingelte wieder. Der dicke Gehilfe des Klempners, unter dem Arm einen neuen Spülkasten. Als er den Kasten sah, den er gestern gebracht und verkehrt angeschlossen hatte, fluchte er lästerlich.

«Darf ich Ihnen einen frischen Kaffee anbieten?», fragte meine Liebste hastig, bevor er verschwinden konnte.

Der Klempnergehilfe verzehrte zwei Nutellabrötchen und zwei Brote mit Fleischwurst und Ketchup, dann erklärte er sich bereit, den Wasserhahn im Badezimmer wieder einzusetzen und einen der Spülkästen versuchsweise richtig herum anzuschließen.

Ich rief im Büro an und nahm nachträglich Urlaub. Dann lief ich in den Drogeriemarkt und kaufte alles, was an Lappen und Küchentüchern zu haben war.

Auf dem Rückweg sah ich die zwei Glaser im Schnellimbiss vor einem Boulevardblatt und zwei Currywürsten sitzen. Ich winkte. Sie starrten durch mich hindurch.

Zu Hause diskutierte meine Liebste mit dem Fliesenleger, der mit ein paar Jerusalemsteinen vorbeigekommen war, die nicht gelb, sondern schwarz waren. «Das ist doch kein Problem!», sagte er. «Zweifarbige Fußböden sind gerade wahnsinnig modern! Und gelber Jerusalemstein ist zurzeit nicht lieferbar. Wollen Sie lieber wochenlang ein Loch in Ihrem Badezimmerfußboden haben?»

Wir wurden unterbrochen von einer Fontäne, die aus dem Badezimmer spritzte. Der Klempnergehilfe hatte herausgefunden, dass der alte Wasserhahn defekt war, irgendein Idiot hatte ihn zu gewaltsam mit einer Rohrzange abmontiert.

Während er auf den Schreck eine Tafel Schokolade und ein paar Koteletts verschlang, wischte ich das Wasser auf. Meine Liebste rief den Klempner an und bat um einen neuen Wasserhahn, wenn er seinen Gehilfen wiedersehen wolle. Dann ließ sie sich von der Auskunft einen Fliesenmarkt nennen.

«Wir haben jede Menge Jerusalemstein», sagte der Verkäufer am Telefon. «Natürlich gelben – schwarzen gibt es nicht.»

Wir konnten den Fliesenleger überreden, ein paar gelbe Jerusalemsteine auf unsere Kosten und gegen einen zusätzlichen Fremdlieferantenzuschlag mit dem Taxi kommen zu lassen.

Mittlerweile waren die Glaser wiedergekommen und nahmen im Badezimmer Maß.

«Wir kommen morgen wieder», sagte der eine dann. «Wir haben unseren Zuschneidetisch nicht dabei.»

«Das macht doch nichts, damit konnten Sie ja nicht rechnen», lächelte meine Liebste. «Nehmen Sie doch einfach unseren Küchentisch, der ist sowieso schon alt! Wir holen Ihnen für die Pause auch noch ein paar Currywürste.»

«Ich hätte lieber Döner mit Pommes rot-weiß, gut durch», sagte einer der beiden.

Wir holten auch Boulevardblätter.

Als wir zurückkehrten, war der Klempner eingetroffen und stritt sich mit seinem Gehilfen im Badezimmer. Die beiden Glaser saßen auf dem Balkon und rauchten konzentriert. Der Fliesenleger telefonierte von unserem Apparat aus. Nur die drei Männer, die im Wohnzimmer die Bodendielen herausrissen, arbeiteten schnell und angestrengt.

«Wer sind Sie?», brüllte ich. «Was machen Sie hier?»

Es stellte sich heraus, dass die drei sich in der Adresse geirrt hatten. Gegen ein üppiges Handgeld erklärten sie sich bereit, die noch heilen Dielen möglichst behutsam wieder einzusetzen.

In der Zwischenzeit verhandelten wir mit dem Klemp-

Super Gewinn
TZ
Hochwasser!
Alarm in Bad
FLIESEN MEISTER

ner, der tatsächlich einen Wasserhahn mitgebracht hatte – offenbar aus einem Abbruchhaus –, was aber nichts am Pfeifton änderte. Die Laune des Klempners besserte sich erst, als die Pizzen und das Bier geliefert wurden, die wir für alle bestellt hatten.

Meine Liebste zog mich ins Badezimmer.

«Ich kann keine Handwerker mehr sehen», flüsterte sie. «Lass uns das hier beenden, sonst werde ich wahnsinnig!»

«Und das Pfeifen?» flüsterte ich.

«Welches Pfeifen?», fragte sie verzweifelt.

Die restlichen Arbeiten verliefen sehr zügig, zumal es auf 16 Uhr zuging. Die Fliesen, die der Fliesenleger verlegt hatte, passten perfekt; die handbreiten Spalte ringsum konnte man irgendwann immer noch mit Kitt auffüllen. Dass nun glühend heißes Wasser in die Kloschüssel rauschte, war sogar viel hygienischer als zuvor. Und der neue Spiegel hing genau richtig; ich recke beim Rasieren sowieso immer das Kinn nach oben. Auch dass ich mir die Hand verletzte, als ich die scharfkantigen Löcher in der Badezimmerwand – für die sich weder Klempner noch Fliesenleger verantwortlich fühlten – selber mit Spachtelmasse füllte, war nicht weiter schlimm; ich wollte sowieso mal wieder zum Arzt.

Als wir um 16.01 Uhr wieder allein waren, kam uns unsere Wohnung ungeheuer groß vor; das Pfeifen hatte fast etwas Meditatives. Am nächsten Morgen bildeten wir uns sogar ein, es sei verschwunden.

«Handwerker sind die Hölle», sagte ich zu unserem Hausmeister, den ich im Treppenhaus traf.

«Das kann man wohl sagen», sagte er. «Der Installateur hat Tage gebraucht, um herauszufinden, warum es überall im Haus in den Heizungsrohren pfiff – es war die kaputte Umwälzpumpe im Keller.»

Eine Frage der Ehre

Es war kein Problem für mich, dass Torstens neue Wohnung in einem Stadtteil lag, in dem wir sonst nie zu tun hatten. Es war auch kein Problem für mich, dass er dort sein Einweihungsfest feierte.

Für meine Liebste war es das.

«Sollen wir ihn anrufen und fragen, wie wir zu ihm kommen?», erkundigte sie sich, als ich vor unserer Abfahrt einen Blick auf den Stadtplan warf.

«Nicht nötig», sagte ich. «Ich kenne die Adresse, Tüllesamstraße 12. Und ich habe gerade auf der Karte nachgesehen.»

«Aber wir waren noch nie dort», beharrte sie.

Ich klappte den Stadtplan zu und lächelte milde. «Keine Sorge«, sagte ich. «Ich fahre.»

«Dann», sagte meine Liebste, «nimm die Karte lieber mit.»

Ich lächelte noch milder. In jeder Beziehung gibt es Dialoge, die sich ständig wiederholen.

«Nicht nötig», sagte ich. «Ich habe mir die Strecke wie immer genau eingeprägt.»

Ich fuhr vom Ring auf die Schnellstraße, nahm die dritte Querstraße links, folgte ihr bis zum Ende und bog beim Kreisverkehr scharf rechts ab. Die vierte Straße nach dem kleinen Platz musste die Tüllesamstraße sein.

Sie war es erstaunlicherweise nicht.

«Oh nein», sagte meine Liebste, ihr Geduldsfaden beim Autofahren war hauchdünn, vor allem, wenn sie nicht selber fuhr.

«Kein Problem», sagte ich, «es wird die nächste sein.»

Auch die nächste Straße hieß nicht Tüllesamstraße. Ganz zu schweigen von der übernächsten und der Straße danach.

Manchmal bin selbst ich nicht perfekt.

«Ich glaube, ich habe mich verzählt», sagte ich leichthin. In Höhe des Maiglöckchenwegs wendete ich, fuhr bis zum Platz zurück, wendete wieder und zählte erneut die vierte Straße ab.

Auch diesmal hieß sie nicht Tüllesamstraße.

Meine Liebste rutschte ungeduldig auf ihrem Sitz hin und her.

«Lass uns jemanden fragen», schlug sie vor.

Ich liebe meine Liebste auch beim Autofahren. Sie macht nur einen Fehler: Sie denkt, wildfremde Leute kennen sich immer und überall besser aus als ihr eigener Mann.

«Das muss nicht sein», sagte ich. «Wir haben es gleich gefunden.» Sicher hatte ich nur ein kleines Detail verwechselt; vermutlich ging die Tüllesamstraße nicht rechts ab, sondern links. Ich wendete erneut und achtete auf die Straßennamen auf der anderen Seite.

Immer noch keine Tüllesamstraße.

Nach einiger Zeit drehte ich wieder um.

«Warum willst du nicht jemanden fragen?», fragte die Liebste. «Das Fest hat schon längst angefangen.»

«Es macht nichts, wenn wir ein bisschen zu spät kommen», sagte ich. «Es ist ein Fest, keine Essenseinladung. Und diese Straße muss hier irgendwo sein. Ich fahre jetzt bis zum Kreisverkehr zurück und zähle nochmal die Straßen ab.»

Meine Liebste starrte leicht eingeschnappt vor sich hin.

Um ganz sicherzugehen, fuhr ich dreimal um den

Kreisverkehr und dann wieder in Richtung Tüllesamstraße. Auch diesmal keine Spur von ihr.

«Hätten wir doch wenigstens die Karte mitgenommen», sagte die Liebste kopfschüttelnd.

«Mach dir keine Sorgen», erwiderte ich, «wir sind gleich da. Mach ein bisschen das Radio an, am besten Klassikradio, und entspann dich.»

«Ich möchte mich nicht entspannen», sagte sie, «ich möchte endlich ankommen. Die alte Frau da mit der Einkaufstasche, die wohnt sicher hier in der Gegend – hey, warum fährst du einfach vorbei?»

«Die sah nicht so aus, als ob sie sich auskennt», sagte ich.

«Nein?», fragte sie empört.

«Nein!», sagte ich entschieden. «Alte Leute haben oft Orientierungsschwierigkeiten, vor allem wenn sie selber nicht Auto fahren.»

«Da hinten, der junge Mann mit dem Hund!», unterbrach sie mich.

«Der sieht aus wie ein Wichtigtuer», sagte ich und wendete. «Wenn wir den nach dem Weg fragen – und er weiß ihn höchstwahrscheinlich nicht, warum braucht er sonst einen Hund –, dann schickt er uns trotzdem wer weiß wohin. Nur aus Angst zuzugeben, dass er keine Ahnung hat. Und den Hund können wir ja leider nicht fragen.»

Meine Liebste sah mich vorwurfsvoll an.

«Nein», sagte ich vorbeugend, «es macht mir nichts aus, Menschen nach dem Weg zu fragen. Aber bevor wir uns von anderen in die Irre schicken lassen, wie neulich von diesem Halbbetrunkenen in Berlin, dem du blind vertraut hast …»

«Das ist Jahre her, es war nachts, und er war der einzige Mensch auf der Straße!», rief sie dazwischen.

«Gib mir bitte die Chance, den Weg selber zu finden», bat ich. «Oder glaubst du, das kann ich nicht?»

Sie schwieg.

Ich bog in die Straße ein, die nicht die Tüllesamstraße war.

«Was machst du?», fragte meine Liebste leicht nervös.

«Es kann sein, dass diese Straße per Zufall hier vorne Von-der-Tann-Straße und erst weiter hinten Tüllesamstraße heißt», erläuterte ich. «Oder dass die echte Tüllesamstraße quer von dieser hier abgeht, was die Kartenzeichner übersehen haben. Oder, das ist das Wahrscheinlichste, dass die städtischen Angestellten beim Anbringen des Straßenschildes einen Fehler gemacht haben ...»

Auch am anderen Ende hieß die Straße nicht Tüllesamstraße.

Ich bog versuchsweise nach links in die Moltkestraße ein, dann wieder links in die Wrangelstraße.

«Was machst du eigentlich?», fragte meine Liebste. «Mir ist schon schwindelig vom ständigen Abbiegen.»

«Ich versuche, um den Block zu fahren», sagte ich. «Hier heißen alle Straßen offenbar nach Generälen. Ich vermute, Tüllesam war auch einer, wenn auch ein sehr unbekannter. Also ist die Tüllesamstraße erstens sicher eine sehr kleine Straße, und zweitens muss sie hier in unmittelbarer Nähe sein, denn ein paar Ecken weiter fangen schon die Straßen mit den Blumennamen an.»

«Mag sein», sagte meine Liebste, «aber einmal nach der Tüllesamstraße zu fragen geht schneller, als stundenlang auf Verdacht in der Gegend herumzukurven.»

«Wir sind noch nicht mal eine Stunde unterwegs», erwiderte ich.

«Dann rufen wir Torsten an», schlug sie vor und zog das Handy aus ihrer Handtasche.

«Er wird das Telefon nicht hören», gab ich zu bedenken. «Er feiert ein Fest! Außerdem habe ich seine neue Telefonnummer zu Hause liegenlassen.»

Meine Liebste steckte ihr Handy wieder weg.

«Du glaubst, du machst dich lächerlich, wenn du andere Menschen nach dem Weg fragst», insistierte sie. «Aber versteh doch endlich, das ist etwas ganz Normales!»

«Darum geht es nicht», lächelte ich sehr souverän, «aber man muss andere doch nicht ohne Not immer gleich um Hilfe bitten …»

«Da!», unterbrach meine Liebste und wies auf eine Familie, die vor uns am Straßenrand ihr frischgeparktes Auto verließ. «Halt an!», befahl sie. «Halt an, damit wir hier nicht noch um Mitternacht herumfahren!»

Ich musste ohnehin anhalten, denn ich wollte links in die Hartmannstraße abbiegen, und es kam Gegenverkehr.

Die Liebste ließ die Scheibe heruntersurren.

«Entschuldigen Sie», begann sie, «wir suchen …», aber als der Familienvater mit dümmlichem Lächeln näher trat, war die Straße frei, und ich musste losfahren, damit die Autofahrer hinter uns nicht anfingen zu hupen.

«Das gibt's doch nicht», rief meine Liebste und ließ das Fenster wieder nach oben gleiten, «das hast du absichtlich gemacht!»

«Hör mal», sagte ich. «Ich bin ein ausgezeichneter Autofahrer, und ich habe bis jetzt noch jeden Weg gefunden …»

«Ach ja?», empörte sie sich, «hast du vergessen, wie das auf der Rückfahrt von Assisi war? Als wir nach Süden fuhren statt nach Norden, und auf einmal waren wir statt in Siena mitten in Rom?»

«Auf italienischen Autobahnen kann man nicht so einfach umdrehen», stellte ich richtig, «schon gar nicht, wenn keine Ausfahrt kommt ...»

Ich hatte beschlossen, zurück zur Schnellstraße zu fahren, um zu überprüfen, ob ich dort beim Einbiegen womöglich einen Fehler gemacht hatte. An der ersten roten Ampel ließ meine Liebste wieder die Scheibe herunter und gab einem sonnenbebrillten Autofahrer neben uns ein Handzeichen.

«Entschuldigen Sie», rief sie dem Mann zu, der das Fenster seinerseits herunterließ. In dem Moment sprang die Ampel auf Grün, und ich gab Gas.

«Was fällt dir ein?», schimpfte meine Liebste. «Mach das ja nicht nochmal! Wie sieht denn das vor anderen Leuten aus!»

Ich hatte keine Zeit zu antworten, denn wir fuhren auf die nächste rote Ampel zu, und der Mann von vorhin fuhr immer noch auf der Nebenspur. Es gelang mir, unsere Fahrt so zu verlangsamen, dass es wieder grün war, bevor wir die Ampel erreichten.

«Jetzt reicht es!», schimpfte meine Liebste. «Hör sofort auf damit. Halt irgendwo an, damit ich fragen kann. Da vorne rechts an diesem Kiosk, he, also wenn du jetzt nicht gleich anhältst ...»

Die nächste rote Ampel sah ich erst im letzten Moment, so dass ich anhalten musste.

Dummerweise hielt der Kerl mit der Sonnenbrille schon wieder neben uns.

Meine Liebste winkte ihm zu und ließ das Fenster herunter. Ich drückte die Taste auf meiner Seite, und es fuhr wieder nach oben.

«Lass das!», rief sie und ließ das Fenster wieder herunter. Allerdings nur, bis ich wieder die Gegentaste drückte.

«Mensch, sei doch nicht so stur!», zischte meine Liebste. Sie langte nach dem Türgriff, aber ich hatte schon die Zentralverriegelung betätigt.

Der Mann im Auto neben uns riss seine Sonnenbrille herunter und verfolgte mit ungläubigem Blick, wie meine Liebste beide Hände auf den Öffner für das Schiebedach presste, so fest, dass ich ihren Griff nicht lösen konnte, und dann ihren Kopf durch die Dachöffnung steckte.

«Brauchen Sie Hilfe?», brüllte er ihr zu.

«Ja», rief die Liebste, «wir …»

Endlich sprang die Ampel auf Grün. Ich raste mit quietschenden Reifen los.

«Du bist ja völlig neurotisch!», rief meine Liebste, auf ihren Sitz zurücksinkend. «Nie wieder mache ich so etwas mit, das sage ich dir!»

Ich absolvierte ein paar riskante Spurwechsel, aber erst als ich ganz knapp über eine rote Ampel raste, gelang es mir, den Sonnenbebrillten abzuhängen.

Wie ich befriedigt feststellte, hatte ich auf dem Hinweg auch beim Abbiegen von der Schnellstraße keinen Fehler gemacht. Also fuhr ich wieder zurück in die Richtung, in der die Tüllesamstraße sein musste.

Kurz vor dem kleinen Platz zwang mich ein Polizeiwagen zu einer Vollbremsung.

«Man hat uns gesagt, hier werde eine Frau entführt», informierte mich der größere der beiden Polizisten, «lassen Sie beide Hände am Lenkrad!»

Wir hatten die Sache schnell aufgeklärt, aber ich konnte nicht verhindern, dass meine Liebste die Polizisten nach der Tüllesamstraße fragte. «Ganz einfach», sagte der kleinere Polizist, «fahren Sie uns hinterher.»

In der folgenden halben Stunde kamen wir viermal

aus unterschiedlichsten Richtungen an dem kleinen Platz vorbei. Beim fünften Mal preschten die Polizisten plötzlich mit Blaulicht davon.

Wieder zu Hause, rief ich Torsten an und behauptete, wir beide hätten uns den Magen verdorben.

«Ihr Armen», rief er. «Aber nächsten Sonntag gibt es bei mir Brunch. Ihr müsst unbedingt kommen! Du wirst übrigens merken, dass die Tüllesamstraße wegen der vielen kleinen Einbahnstraßen nicht ganz leicht zu finden ist; ich kann dir nochmal schnell beschreiben, wie du am besten fährst …»

«Nicht nötig», sagte ich, «ich kenne mich aus».

Kurz nach dem Sommerurlaub änderte sich mein Telefonverhalten gegenüber meiner Mutter rapide. Genauer gesagt zu dem Zeitpunkt, als sie im Laufe eines bis dato harmlosen Gesprächs unvermittelt sagte: «Ach, ich wollte dich noch etwas fragen …»

Mein Puls begann zu rasen.

«Einen Augenblick», unterbrach ich mit Stentorstimme, «bevor ich es vergesse: Seit wir bei euch waren, vermisse ich meine Uhr. Kann es sein, dass der Hund sie … gefressen hat?»

Meine Mutter schwieg verblüfft.

«Du hast also beim Gassigehen nichts Außergewöhnliches bemerkt?»

«Nein», sagte sie, «ich habe auch nicht darauf geachtet …»

«Könntest du», fragte ich, «mal an seinem Bauch lauschen, ob da etwas tickt? Vielleicht jetzt gleich?»

Meine Mutter legte den Hörer hin, kam kichernd zurück und meldete, da ticke nichts. Ob ich gerade sehr im Stress sei?

Nachdem sie das Telefonat beendet hatte, massierte ich meine pochenden Schläfen. Ich wusste, ich hatte nur ein bisschen Zeit gewonnen; die Frage würde ihr wieder einfallen.

Ich musste mit meiner Liebsten sprechen.

Dummerweise ergab sich das in den folgenden Tagen nicht.

Und vielleicht war es Zufall, dass kurze Zeit später

meine Schwiegermutter – wir telefonierten mit ihr über Lautsprecher – mitten im Brainstorming zum idealen Mürbteigrezept sagte: «Wir wollten mit euch bei Gelegenheit noch etwas besprechen …»

Diesmal kam mir meine Liebste knapp zuvor. «Wir auch!», rief sie und begann von dem ultimativen Kurztrip nach New York zu erzählen, den wir angeblich seit Wochen planten.

Aber ich glaube nicht an Zufälle. Ich musste wirklich unbedingt mit meiner Liebsten reden.

«Wir haben noch dreieinhalb Monate», eröffnete ich, als wir später auf dem Balkon saßen.

Sie sah mich an, als wisse sie nicht, wovon ich spräche.

«Es sind nur noch dreieinhalb Monate bis Weihnachten», betonte ich.

Sie nickte gespielt arglos. «Meinst du, wir sollten eine Lichterkette auf den Balkon hängen?»

«Nein, davon spreche ich nicht», sagte ich. «Ich spreche von Weihnachten. WEIHNACHTEN! WEIHNACH-TEN!»

Ihr Unterlippe begann zu zittern.

Ich nahm sie in den Arm. «Wir müssen eine Lösung finden», sagte ich so sanft wie möglich. «Wie gehen wir damit um, dass unsere Eltern erwarten, dass wir jedes Weihnachten wieder zu ihnen kommen?»

Meine Liebste sah mich an.

«Hatten wir nicht vor, endlich mal ganz romantisch für uns alleine zu feiern?», fragte sie. «Ohne Stress, ohne Hin-und-her-Hetzen quer durch Deutschland?»

«Natürlich», fiel mir erleichtert ein. «Ich weiß genau, dass wir das beschlossen haben; unsere Eltern sind ja trotz ihres Alters sehr fit, und wir können noch oft Weihnachten mit ihnen feiern. Lass es uns so machen:

Ich besorge einen Baum, stelle ihn auf, schmücke ihn, erledige sämtliche Weihnachtseinkäufe, koche unser komplettes Weihnachtsessen, führe dich am zweiten Feiertag schön zum Essen aus – und du sagst ihnen in den kommenden Tagen nur mal schnell Bescheid, dass wir leider nicht mit ihnen feiern können …»

«Es wäre besser, du würdest es deinen Eltern selber sagen», erwiderte meine Liebste erbarmungslos.

«Aber wie sage ich es ihnen nur?», fragte ich.

Wir schwiegen ratlos.

«Wenn sie beleidigt wären», sagte meine Liebste, «wenn sie das falsch verstünden, das wäre schrecklich.»

«Richtig», sagte ich. «Glaubst du, das könnte passieren?»

«Uns fällt sicher noch etwas ein», sagte meine Liebste schließlich.

In den folgenden Tagen fiel uns nichts ein, denn ich hatte entdeckt, dass es allerhöchste Zeit war, schnell unseren Keller aufzuräumen. Und die Liebste musste dringend unsere Belletristik alphabetisch ordnen.

Da rief meine Mutter wieder an.

«Bei uns ist es noch dermaßen heiß und drückend», erzählte sie, als wir kurz gesprochen hatten, «ich freue mich schon richtig darauf, dass es wieder kälter wird und dass …»

Ich merkte genau, worauf sie hinauswollte.

«Oh», rief ich hektisch, «entschuldige, ich habe es ganz vergessen: Ich muss weg, ein wichtiger Termin.»

«Am Sonntag?», fragte meine Mutter.

«Ausnahmsweise», rief ich, lief zur Garderobe und polterte laut mit ein paar Schuhen herum. «Ich melde mich später!»

Abends goss meine Liebste unseren Lieblingsrotwein ein und setzte sich zu mir aufs Sofa.

«Mein Vater hat übrigens gestern angerufen», sagte sie, «er hat sich einen neuen Computer gekauft und gefragt, ob ich seinen alten Drucker haben will.»

«Und?», fragte ich.

«Er sagte, ich könne ihn ja irgendwann mal mitnehmen», fuhr meine Liebste fort.

«Irgendwann?», fragte ich.

«Genau», sagte meine Liebste, «er hat ‹irgendwann› gesagt. Aber ich weiß genau, dass er mit diesem ‹irgendwann› natürlich nicht *irgendwann* meinte …»

«Natürlich nicht», sagte ich und schenkte meiner Liebsten Wein nach.

«Da fällt mir ein: Meine Großtante Lilli macht doch jedes Jahr am zweiten Feiertag ihr großes Weihnachtsessen für die ganze Familie …»

«Und ich hatte meine Tante Gisela ganz vergessen», rief die Liebste, «und den Heiligabendkaffee bei ihr in Düsseldorf. Erinnerst du dich, als wir das letzte Mal zwei Stunden zu spät kamen, weil Stau war, und wie wir sofort weiter nach München rasen mussten, damit wir rechtzeitig bei deinen Eltern waren?»

«Bin ich froh», sagte ich und hob mein Glas, «dass uns all das dieses Jahr erspart bleibt.»

Wir leerten unsere Gläser.

«Theoretisch hätten wir natürlich alle zu uns einladen können», sinnierte meine Liebste. «Dann hätten wir weniger Stress gehabt, wir hätten in Ruhe mit allen feiern können, und niemand hätte sich zurückgesetzt gefühlt, weil wir nur kurz vorbeigehuscht wären.»

«Ich weiß nicht», sagte ich. «Meine Eltern hätten wahrscheinlich hin und her überlegt, ob sie sich ihren Hund auf einer so lange Reise zumuten können. Oder ob sich unter ihren Freunden auch nur ein Einziger finden lässt, der fähig ist, so auf ihn aufzupassen, dass er nichts anstellt. Erst neulich, als sie ins Theater gingen, folgte er ihnen und tauchte auf der Bühne auf … Und meine Großtante Lilli hätte lamentiert, dass sie so weit fahren muss, hätte sich trotzdem in den Zug gesetzt, auf der Hälfte der Strecke einen Schwächeanfall bekommen, die Notbremse gezogen, den ganzen Zug wahnsinnig gemacht und wäre dann spektakelnd zurückgefahren …»

«Ich bin auch froh, dass uns all das dieses eine Mal erspart bleibt», sagte meine Liebste. «Wir müssen es ihnen nur bald sagen …»

Doch wir kamen beim besten Willen nicht dazu, denn im Keller war jetzt Platz, und ich musste die Ordner mit Rechnungen, Belegen und dem Schriftverkehr der letzten Jahre nach unten schaffen, während meine Liebste begann, die Kochbücher und Reiseführer nach Größe zu ordnen.

Irgendwann hatte ich meine Schwiegermutter am Telefon, die sich sehr freute, mich auch mal wieder zu sprechen. «Übrigens, ich habe gestern ein neues Rezept mit Huhn ausprobiert», sagte sie auf einmal, «es hat hervorragend geschmeckt. Ich probiere gerade viel mit Geflügel durch …»

Mir war klar, was sie sagen wollte; gleich würde sie zu Ente und dann zur Weihnachtsente überleiten.

«Mein Handy!», rief ich, hielt den Telefonhörer von mir weg und presste schrillende Töne aus meiner Kehle. «Das muss mein Büro sein, entschuldige, ich muss aufhören, leider, bis bald, tschühüs!»

Am folgenden Tag hatten wir auf dem Anrufbeantworter eine Nachricht von Onkel Willi, im Hinblick auf Weihnachten unverdächtig, denn er und Tante Hiltrud feierten stets alleine. Onkel Willi sprach davon, wie anders es sei, so als Rentner. «Deswegen haben wir uns etwas Besonderes einfallen lassen», drohte er mit aufgekratzter Stimme. «Ihr werdet schon sehen. Ruft mal zurück!»

Wir dachten nicht daran.

«Wenn wir mal wieder Lust haben, mit allen zu feiern», sagte ich, als wir beim Essen saßen, «können wir uns doch einfach irgendwo in der Mitte Deutschlands treffen, in Fulda oder Kassel, in irgendeinem netten Hotel.»

«Ich weiß nicht, ob da alle mitmachen würden», sagte meine Liebste zögernd. «Deine Eltern sind zu Weihnachten am liebsten zu Hause, meine auch. Deine Eltern essen ihre Ente seit Jahrzehnten ungefüllt und am Heiligabend; meine Eltern essen ihre seit Jahrzehnten gefüllt am ersten Weihnachtsfeiertag …»

«Du hast recht», sagte ich nachdenklich. «Außerdem will meine Großtante nie mehr auf eine Feier gehen, auf der auch Onkel Willi ist, und umgekehrt – seit er bei diesem Fest vor 34 Jahren den Fischtopf umgeworfen hat.»

Meine Liebste seufzte. «Tante Gisela würde sowieso nicht kommen, wenn es Ente gibt. Die isst nur Truthahn, gefüllt, mit süßen Kartoffeln dazu – und auch nur dann, wenn alles aus dem Feinkostgeschäft bei ihr in Düsseldorf um die Ecke kommt.»

Ich lächelte. «Vielleicht sollten wir auch nächstes und übernächstes Jahr zu zweit feiern.»

Wir küssten uns.

«Morgen sagen wir es ihnen, unbedingt», sagte meine Liebste.

Doch zuerst wollte ich im Keller noch schnell das Weinregal aufbauen, weil die besseren Flaschen dringend aus der warmen Wohnung herausmussten, während meine Liebste nun alle Sachbücher doch lieber nach Genre und Erscheinungsjahr ordnete.

Als wir abends nach Hause kamen, klingelte das Telefon.

Es war mein Schwiegervater, der nur kurz nachfragen wollte, welche Vorwahl Italien hatte. Wir unterhielten uns über Lautsprecher, wobei er all unseren Versuchen widerstand, das Gespräch zu beenden. «Ich habe gestern in der Fußgängerzone den Buchhändler getroffen ...», sagte er dann beiläufig.

Meine Liebste stieß mich an und machte eine Bewegung mit der Handkante gegen ihre Kehle, aber mir fiel kein Weg mehr ein, das Gespräch zu beenden.

«... wir haben uns sehr nett unterhalten», fuhr mein Schwiegervater fort.

«Hallo», rief meine Liebste panisch ins Telefon, «hallo? Hallo? Kannst du mich noch hören?»

«Natürlich», rief mein Schwiegervater, «wisst ihr, was der Buchhändler gesagt hat ...»

«Ich kann dich nicht mehr hören», rief meine Liebste in den Hörer, «wir fahren in einen Tunnel ...»

«Ihr seid unterwegs?», rief mein Schwiegervater. «Ich habe euch doch zu Hause angerufen!»

«Hallo?», rief meine Liebste, «hallo ... hallo ... hallo?»

Sie unterbrach die Verbindung.

«Der Buchhändler ist der Zwillingsbruder des Weihnachtsbaumverkäufers», erklärte mir meine Liebste heftig atmend. «Über was wird er sich wohl jetzt, im Herbst, mit meinem Vater unterhalten haben, hä?»

Kurze Zeit später klingelte das Telefon wieder. Wir gingen nicht ran. Es war Tante Hiltrud.

«Ich wollte euch nur ganz lieb grüßen, das hat Willi gestern natürlich vergessen auszurichten», hauchte sie aufs Band. «Ihr könnt heute noch bis spätnachts anrufen, ich kann zurzeit sowieso schlecht schlafen ...»

«Wenn wir uns nicht längst dagegen entschieden hätten, gäbe es doch noch eine Möglichkeit, alle zu sehen», fiel mir ein. «Ein Kollege von mir feiert seit Jahren in einem Chatroom im Internet, wo jeder Teilnehmer ein Foto von sich einstellen kann …»

«Entsetzlich», sagte meine Liebste, «das erinnert mich an einen Online-Friedhof ….»

Wir schwiegen und sahen uns an.

Meine Liebste umarmte mich. «Dieses eine Jahr noch», sagte sie. «Meine Eltern werden auch nicht jünger …»

«… meine auch nicht», entgegnete ich. «Wenn wir gut planen, schaffen wir es vielleicht, keinen auszulassen. Wo ist die Karte?»

Nach drei Tagen hatten wir die Route fertig. Zwar würden wir die zulässige Höchstgeschwindigkeit weit überschreiten und Tante Gisela zum Kaffeetrinken an der Autobahnraststätte treffen müssen, aber wir würden Zeit für alle haben, solange wir nicht vor Erschöpfung einschliefen.

«Morgen», sagte meine Liebste mit leuchtenden Augen, «morgen sagen wir es ihnen.»

«Mama», sagte ich, als ich meine Mutter erreicht hatte, «was Weihnachten angeht …»

«Darüber wollte ich schon längst mit dir reden», unterbrach sie mich. «Weißt du, das ist in den letzten Jahren immer stressiger geworden. Wir Eltern wollen auch mal entspannt Weihnachten feiern, romantisch, nur zu zweit. Und da haben wir alle zusammengelegt für ein tolles Weihnachtsgeschenk: Wir bezahlen euch über die Festtage euren so lange geplanten ultimativen Kurztrip nach New York. Mit allem Schnickschnack! Hallo? Bist du noch da?»

Nein. Wir lassen uns nicht abschieben. Nicht von unseren eigenen Eltern. Natürlich kommen wir zu Weihnachten.

Nur dieses eine Jahr noch.

Babyphonie

Ich weiß nicht, ob wir nicht doch umdrehen sollten», sagte meine Liebste, als wir uns dem Haus von Anna und Max näherten, «wir könnten anrufen und sagen, wir seien plötzlich krank geworden …»

«Es wird sicher ein wundervoller Abend», beruhigte ich sie. «Es sind doch unsere Freunde!» Meine Stimme klang etwas zu hoch.

Anna und Max hatten schwarze Augenringe und waren schmal im Gesicht, freuten sich aber sehr, uns zu sehen.

«Wir müssen uns unbedingt wieder öfter treffen», sagte Max, als wir uns umarmten, «ich habe das Gefühl, Anna und ich reden in letzter Zeit nur noch über Kinder …»

«Minna!», warf Anna ein.

«… ja, über Minna», fuhr Max fort. «Lasst uns heute Abend über etwas ganz anderes sprechen. Habt ihr vor ein paar Tagen diesen irrwitzigen Artikel gelesen über …»

«Max, denk an Minna oben!», unterbrach Anna. «Du bist zu laut!»

Max winkte uns schuldbewusst in die Küche und schloss geräuschlos die Tür.

«Ich habe ihre Zimmertür schallgedämmt», sagte er leise, «aber es ist nicht ausgeschlossen, dass sie doch etwas hört und dann aufwacht und schreit.»

Meine Liebste und ich wechselten einen Blick.

Anna ging zum Tisch, auf dem ein Babyphon stand,

hob es hoch und überzeugte sich, dass alles in Ordnung war.

«Sie atmet ruhig», meldete sie erleichtert, «hört ihr?»

Wir hörten es. Es klang, als habe man einen Taucherfilm zu laut synchronisiert. Anna platzierte das Babyphon so zentral auf dem Tisch, dass Minnas Schnorcheln möglichst noch besser zu hören war.

«Wir lassen die Lautstärke immer voll aufgedreht, sicherheitshalber», sagte Max. «Ich hoffe, es stört euch nicht?»

«Nein, nein», versicherten wir, während wir uns setzten. Dabei schabte mein Stuhl leicht über den Küchenfußboden.

Anna stieß ein Zischen aus.

«Entschuldigung …», begann ich.

Anna legte den Finger auf die Lippen und horchte ins Babyphon auf Minnas Atmen. Dann schlich sie zur Küchentür, öffnete sie einen Spaltbreit, lauschte in den Flur und schloss die Tür leise wieder.

«Man weiß ja nie», sagte sie. «Und Minna wird immer gewitzter; in letzter Zeit macht sie riesige Fortschritte. Alle sagen, sie hätten noch nie ein so waches und intelligentes Kind gesehen wie Minna.»

«Toll», lächelten wir pflichtgemäß.

Anna setzte sich dicht neben das Babyphon. Max ging zum Herd und begann, in einem der blubbernden Töpfe zu rühren. «Also, um nochmal auf diesen unglaublichen Artikel zurückzukommen», sagte er, «das wird euch sicher interessieren. Habt ihr nicht beim letzten Mal auch von so etwas Ähnlichem erzählt …»

«Sie schläft erstaunlich gut», warf Anna ein und sah auf die Uhr. Sie stand auf und fing an, den Tisch in respektvollem Abstand rund ums Babyphon zu decken.

«Glücklicherweise schläft sie gut, im Gegensatz zu

sonst», sagte Max. «Jedenfalls: Da gibt es einen Professor, der …»

«Sonst ist es eine einzige Katastrophe mit ihren Schlafstörungen», unterbrach ihn Anna, «wir haben schon nächtelang an ihrem Bett gesessen und damit gerechnet, dass sie wieder aufwacht und anfängt zu schreien. Und wisst ihr, was dieser dämliche Kinderarzt gesagt hat?»

«Er hat gesagt, das sei nur eine Phase und ihr solltet so etwas nicht machen», sagte meine Liebste.

«Er hat gesagt, das sei nur eine Phase und wir sollten so etwas nicht machen!», fuhr Anna fort. «Wir waren dann bei ein paar anderen Ärzten und schließlich bei einer Heilpraktikerin. Und was denkt ihr, was die getan hat?»

«Sie hat sich verhalten, als seist du bei ihr in Therapie», sagte ich.

«Die hat sich verhalten, als sei ich …», Anna stockte. «Das haben wir wohl schon einmal erzählt?»

«Öfter», sagte ich lächelnd. «Aber egal: Schön, dass Minna jetzt schläft.»

«Und wir uns endlich mal wieder sehen», sagte meine Liebste. «Max, kann ich irgendetwas helfen?»

«Nein danke, das Essen ist so weit», erklärte Max und entkorkte ploppend eine Weinflasche.

Anna machte scharf «Psssst!» und horchte zum Babyphon hin.

Minna, es war nicht zu überhören, atmete so ruhig und gleichmäßig wie zuvor.

Max schenkte leise Wein ein und hob sein Glas.

«Ich bin froh, dass ihr da seid», sagte er mit gedämpfter Stimme. «Ich weiß nicht, wann ich zum letzten Mal mit Menschen gesprochen habe, die keine Eltern sind.»

Wir stießen an, Minnas wegen ohne dass die Gläser sich berührten.

«Wie geht es euch denn sonst?», fragte meine Liebste.

«Ein bisschen müde wegen Minna», sagte Anna. «Und euch?»

«Ach, wir hatten die Handwerker in unserer Wohnung ...», begann meine Liebste.

Anna hob die Hand, beugte sich jäh zum Babyphon und klopfte mit dem Finger dagegen.

Wir lauschten eine Zeitlang den Atemgeräuschen, die sich kein bisschen verändert hatten.

«Ich dachte, irgendetwas stimmt nicht», erklärte Anna schließlich. «So lange durchzuschlafen, ohne aufzuwachen, das ist sonst nicht ihre Art.»

«Lasst uns froh darüber sein», sagte ich. «Max, was stand denn nun eigentlich in diesem Artikel?»

«Ach so, ja», sagte Max, «äh, also: Es ging einerseits ...»

Anna atmete tief ein und warf einen Blick auf die Uhr.

«Ihre nächste Schreipause ist überfällig», sagte sie zu Max. «Entschuldige, könntest du leiser reden, damit ich höre, wenn ...»

Max nickte mit schuldbewusster Miene, aber bevor er weitersprechen konnte, ertönte aus dem Babyphon ein kleines, schlaftrunkenes Krächzen.

Anna fuhr hoch und erhob sich.

«Vielleicht hat sie nur geträumt», sagte meine Liebste schnell. «Sie ist ja schon wieder leise.»

«Ich gehe nachsehen», erklärte Anna unbeirrt. «Könntet ihr noch ein wenig leiser sprechen? Nicht dass sie ganz aufwacht!»

Sie öffnete behutsam die Tür und verschwand lautlos nach oben.

Max biss sich auf die Unterlippe und lauschte gespannt ins Babyphon, aus dem die ruhigen Atemzüge

Minnas zu hören waren, dann das Knarren von Fußbodendielen und lautes Rascheln.

Mir fiel auf, dass meine plötzliche Kurzatmigkeit offenbar daher kam, dass ich unbewusst versuchte, meine eigene Atemfrequenz der von Minna anzupassen.

«Sollen wir nicht schon mal das Essen austeilen?», wisperte ich Max zu. Meine Liebste sah mich dankbar an.

«Ach ja», schrak Max hoch, «das hätte ich fast vergessen.»

Wir schafften es, das Essen auf die Teller zu bekommen, ohne dass die Schöpfkelle auch nur einmal in einem der Töpfe kratzte.

Anna kam lautlos zurück.

«Ich habe die Heizung etwas runtergedreht, den Schlafsack ganz zugemacht und ihr noch ein bisschen Nasensalbe gegeben», sagte sie. «Trotzdem: Ich traue dem Frieden nicht. Das wäre das erste Mal seit langer Zeit …»

«Lasst uns schnell etwas essen, bevor sie aufwacht», sagte Max. «Guten Appetit!»

Das Essen schmeckte ganz gut, es war nur ein wenig kalt, versalzen und angebrannt, und man erkannte nicht recht, was es war.

«Minna hat uns beim Kochen auf Trab gehalten», erklärte Max. «Eigentlich wollte ich etwas ganz anderes kochen, aber wir kamen nicht zum Einkaufen; wir mussten ein neues Babyphon besorgen.»

«Das alte war kaputt?», fragte ich.

«Nein», sagte Anna, «aber wir haben es doch schon ein paar Monate, und keine Technik ist absolut verlässlich: Es wäre eine Katastrophe, wenn es eines Abends ausfiele, ohne dass wir es mitkriegen. Jetzt haben wir zwei: Das alte steht hinter euch auf dem Gewürzregal. Funktioniert es noch?»

Ich lehnte mich kurz nach hinten, denn das alte Babyphon war nicht ganz so laut wie das auf dem Tisch. «Es funktioniert hervorragend», lächelte ich mühsam. «Jetzt entgeht euch kein Atemzug mehr.»

«Leider doch», sagte Max, «dann nämlich, wenn Anna tagsüber mal schnell im Wäschekeller ist oder wir beide vor lauter Erschöpfung doch mal gleichzeitig schlafen. Aber ich habe im Internet einen Babyphon-Verstärker mit sechs Lautsprechern bestellt, da kriegen wir auch im Tiefschlaf mit, falls etwas nicht stimmt. Wenn ihr nächste Woche wiederkommt, ist der schon installiert.»

Meine Liebste und ich wechselten einen entsetzten Blick.

Entschlossen wandte ich mich Max zu: «Nochmal zu diesem Artikel: Jetzt musst du endlich verraten, um was es dabei ging!»

«Entschuldigt», sagte Anna und stand auf. «So lange war sie noch nie still. Da stimmt irgendetwas nicht!»

«Aber es ist doch schön, dass sie schläft», sagte meine Liebste. «Bleib doch hier, nicht dass du sie jetzt aufweckst!»

«Ich muss nachsehen, ob alles in Ordnung ist», beharrte Anna und verschwand auf Zehenspitzen.

«Möchte noch jemand etwas essen?», fragte Max und stand lautlos auf. Ich reichte ihm meinen Teller.

«Du hast nicht das Gefühl, dass ihr euch und Minna ein bisschen zu viel Stress macht?», fragte ich. «Vielleicht wäre es ja besser, wenn ihr sie …»

«Aber nein, keine Sorge, absolut nicht. Wenn ihr selber Kinder hättet, wüsstet ihr …», begann Max, brach dann aber ab und lauschte ins Tisch-Babyphon. Hektisches Dielenknarren und Rascheln überlagerte Minnas ruhiges Atmen.

«Aber wir wollten ja eigentlich auch noch über etwas anderes sprechen», sagte meine Liebste verzweifelt.

«Ja, der Artikel», sagte Max abwesend und füllte unsere Teller. «Was haltet ihr davon?»

«Du hast uns noch gar nicht erzählt, um was es geht!», erwiderte ich.

Max starrte uns an, schlug sich entschuldigend vor die Stirn und lachte leise.

«Leiser!», zischte Anna ihn an. Sie schob sich durch die Tür und lauschte erst am Tisch-Babyphon, dann am Gewürzregal-Babyphon. «Ich habe die Heizung etwas höher gestellt und sie in den roten Schlafsack gepackt.»

«Du hast sie in einen anderen Schlafsack gepackt?», fragte meine Liebste ungläubig.

«Ja, der blaue wird ihr allmählich zu klein», erwiderte Anna und setzte sich. «Ich möchte nicht, dass sie deshalb womöglich aufwacht.»

Aus den Babyphonen ertönte ein kurzes, schlaftrunkenes Jammern.

«Zu spät, was habe ich gesagt!», erklärte Anna und stand eilig auf.

«Hör mal», sagte meine Liebste. «Sie hat schon wieder aufgehört. Vielleicht hat sie bloß geträumt?»

Aber Anna war schon aus der Tür. Max beugte sich gespannt zum Tisch-Babyphon, aus dem wieder Minnas ruhige und gleichmäßige Atemgeräusche klangen.

«Was meint ihr, wie viele Abende das schon so geht», sagte er mit leidgeprüfter Stimme. «Zuerst tut sie, als ob sie selig schläft. Und dann, aus heiterem Himmel, wacht sie auf, fängt an zu schreien, und wir tun die ganze Nacht kein Auge zu.»

«Könnte es nicht vielleicht sein, dass ihr sie mit eurem ständigen Nachgucken immer wieder aufweckt?», fragte meine Liebste.

Max starrte sie entgeistert an.

Aus den Babyphonen drang Fußbodenknarren und ein leises Poltern.

Max schrak zusammen.

«Sicher ist Anna nur gestolpert», sagte meine Liebste schnell. «Oder ihr ist was runtergefallen. Hör doch – Minna schläft immer noch ganz normal.»

«Das muss nichts bedeuten», sagte Max und stand auf, «ich habe gelesen, dass es bei Babyphonen ähnlicher Bauart gelegentlich zu Frequenzüberlagerungen kommt. Das heißt: Wenn im Nachbarhaus ebenfalls ein Babyphon an ist, hören wir hier völlig arglos das fremde Kind von nebenan ruhig atmen – während oben unsere arme Minna in Wirklichkeit aus Leibeskräften schreit!»

«Da wohnen doch nur ältere Leute», sagte ich.

«Und was, wenn dort jetzt gerade eine Familie mit Baby zu Besuch ist?», beharrte Max.

«Aber Anna ist doch oben ...», begann meine Liebste noch, aber Max verschwand schon durch die Tür.

Als wir alleine waren, schenkten wir Wein nach, stellten die vollen Teller von Anna und Max zum Aufwärmen in die Mikrowelle und blätterten in ein paar Kochbüchern.

Aus den Babyphonen drangen Minnas Atemzüge, überlagert von Geraschel und hektischem Gewisper.

Endlich kam Max erschöpft zurück. «Wir haben die Heizung runtergedreht und sie wieder in den blauen Schlafsack gesteckt, weil sie den doch eher gewöhnt ist», sagte er. «Außerdem haben wir die Gästematratze vor das Fenster geklemmt und den Babystuhl davorgestellt, damit der Luftzug sie nicht stört. Nun versucht Anna nur noch ...»

«Prima», unterbrach ich, «was stand denn nun in diesem verdammten Artikel?»

Max sah mich an. «Du hast wirklich kein Verständnis für Kinder!»

Über uns und um uns herum krachte es.

«Der Babystuhl», stammelte Max.

Durch die Babyphone hörten wir Anna lauthals und in Stereo schimpfen.

Max sprang auf, als Minna zu schreien begann.

«Es wäre auch ein Wunder gewesen, wenn sie einmal durchgeschlafen hätte, nur ein einziges Mal!», stieß er hervor und stürzte nach oben.

Wir tranken schweigend unseren Wein aus, während Max und Anna aus den Babyphonen im Duett Schlaflieder sangen, dann räumten wir den Tisch ab. Als wir die Spülmaschine bestückt und eingeschaltet hatten, verstummten die Lieder, und wir hörten endlich Schlafgeräusche. Schlafgeräusche von allen dreien.

Wir verließen das Haus auf Zehenspitzen und zogen unendlich leise die Tür ins Schloss.

Nach ein paar Metern blieb ich stehen, stieß einen Fluch aus und kehrte um.

«Nein», rief meine Liebste, «tu es nicht!»

Aber ich presste meine Hand schon auf den Klingelknopf, so lange, bis aus dem ersten Stock lautes Gebrüll drang.

Alles, nur kein Schlüsseldienst!

Es war noch früh am Abend, als ich in den Hof zu den Mülltonnen ging und plötzlich etwas hörte.

«Hallo!» keuchte jemand. «Helfen Sie mir. Hier bin ich, hier oben – hier!»

Es war mein Nachbar, der alte Professor Pöppelmann. Er klammerte sich in einem knallgelben Bademantel von außen an ein Balkongeländer. Genauer gesagt an das Balkongeländer von Frau Schmidtke aus dem zweiten Stock.

«Die Leiter, auf dem Boden!» flehte er. «Bitte!»

Ich richtete hastig die Leiter auf, lehnte sie an den Balkon, und Professor Pöppelmann kletterte herab.

«Ich habe mich ausgesperrt», schnaufte er, «und dachte, ich könnte mit der Leiter ... Aber die reicht nur bis in den zweiten Stock. Als ich versuchte, sie hochzuziehen, um in den vierten weiterzuklettern, ist sie weggerutscht.»

Er erzählte, wie er im Bad gewesen sei, als es bei ihm geklingelt habe. Wie er ins Treppenhaus gestürzt sei, um zu schreien, dass man hier keine Werbung wünsche. Und wie dann die Tür hinter ihm zuknallte.

«Haben Sie keinen Ersatzschlüssel?» fragte ich.

«Doch», sagte er. «In meinem Geldbeutel auf dem Schreibtisch.»

«Keine Sorge», sagte ich. «Wir finden sicher eine Lösung. Notfalls ...»

«Um Himmels willen keinen Schlüsseldienst! Ich darf gar nicht daran denken», seufzte Professor Pöppelmann.

«Wie konnte ich nur so entsetzlich dumm sein! Wissen Sie, wie grauenhaft teuer so ein Schlüsseldienst ist?»

«Der Briefschlitz», fiel mir ein, «hat Ihre Tür nicht auch einen Briefschlitz?»

«Das könnte sein», sagte er mit leiser Hoffnung.

Ich holte aus unserer Wohnung eine Auswahl an langen und dünnen Werkzeugen.

Doch egal, ob man einen Drahtkleiderbügel, eine Rohrzange oder ein Fahrradschloss durch den Schlitz schob, es fehlten immer entscheidende Zentimeter bis zur Türklinke. Frau Welm von gegenüber, die uns mitleidig zusah, erinnerte sich genau, dass 1974 jemand im ersten Stock eine Tür mit einem gebogenen Damenregenschirm geöffnet hatte. Doch mit ihrem Schirm hatten wir keinen solchen Erfolg.

«Profis machen das anders», sagte unser Nachbar Peter, der uns auf der Türmatte knien sah. «Profis verwenden eine Schlinge aus steifem Edelstahl, die sie unter der Tür hindurchfädeln, um die Klinke herunterzuziehen.»

Während er in seiner Wohnung verschwand, um nach so einem Spezialdraht zu suchen, hatte ich eine Idee.

«Was ist mit dem Schloss?», fragte ich. «Lässt es sich von außen abschrauben?»

Eine Stunde später wussten Professor Pöppelmann, Herr Bohl von unten, Jo und Susanne aus dem zweiten Stock und ich, dass sich das Schloss nicht abschrauben ließ; jedenfalls nicht von Laien wie uns.

«Ich bin so dankbar, dass Sie mir alle helfen», sagte Professor Pöppelmann, als wir mit Peter, der keinen Spezialdraht gefunden hatte, bei Frau Welm saßen und uns mit Früchtetee stärkten. «Wissen Sie, ich habe einen gutverdienenden Kollegen, dem nichts übrig blieb, als diese Abzocker vom Schlüsseldienst zu rufen. Er brauchte längere Zeit, um sich davon zu erholen.»

Betroffenes Schweigen trat ein.

Dann erhob sich Peter. «Ich fahre schnell zum Baumarkt. Die müssten entsprechenden Draht haben!»

Herr Bohl schlug vor, in der Zwischenzeit zu versuchen, die Tür wie im Agentenfilm mit Kreditkarten zu öffnen.

Vier Kreditkarten später wussten wir, dass Kreditkarten heute aus billigem Plastik bestehen und dem Geheimagenten allein schon beim bloßen Versuch abbrechen. «Ich komme selbstverständlich für Ihre Karten auf, das ist das Geringste», beteuerte Professor Pöppelmann mutlos.

«Wir finden sicher noch eine Möglichkeit», beruhigte ich ihn. «Warum wollten Sie eigentlich über die Leiter hochklettern? Ist Ihre Balkontür offen?»

«Ich hoffte es», sagte Pöppelmann. Wir stürzten nach draußen.

Im Hof war es mittlerweile dunkel, und unsere Taschenlampen reichten nicht in den vierten Stock, aber Christian aus dem Erdgeschoss, der einen Fußballclub trainiert, hatte zufälligerweise einen Generator und einen mobilen Flutlichtmast in seinem Kombi. Er tauchte in wenigen Minuten den gesamten Innenhof bis hoch zu Pöppelmanns Wohnung in gleißendes Licht.

Es war gut zu erkennen, dass dort keine Balkontür offen stand. Und auch kein Fenster.

Herr Pöppelmann schüttelte verzweifelt den Kopf.

«Wenn der Schlüsseldienst wirklich so immens teuer ist, Professor», schlug Jo vor, «könnte man nicht hochklettern und ein kleines, billiges Fenster einschlagen?»

«Wir können auch zwei Fenster einschlagen oder drei», stimmte Pöppelmann zu. «Das ist immer noch um ein Vielfaches günstiger, als diese Verbrecher zu holen.»

Peter, zurück aus dem Baumarkt, wo man ihm keinen Spezialdraht verkauft, aber wo der Hausdetektiv ihm peinliche Fragen gestellt hatte, entwickelte einen Plan: Wir würden die Leiter so an Frau Schmidtkes Balkon festbinden, dass sie bis zu Pöppelmanns Balkon reichte. Der Rest wäre ein Kinderspiel. Wir klingelten Frau Schmidtke heraus, die wegen unserer Aktionen bislang vergeblich versucht hatte zu schlafen.

Als wir die Leiter mit Seilen, Gürteln und Blumendraht am Balkongeländer befestigt hatten, hielt Herr Bohl den protestierenden Professor Pöppelmann fest, der selbst nach oben klettern wollte. Da schob sich Peter bereits auf der ächzenden Leiter, deren Fuß wir umklammerten, Stück für Stück nach oben; unter den gespannten Blicken von mehr und mehr Schaulustigen auf den umliegenden Balkons, die offenbar annahmen, hier werde ein Film gedreht.

Nach einiger Zeit kam er schweißnass zurück.

«Es geht nicht», schnaufte er. «Das vierte Stockwerk steht gut einen Meter über. Da kommt nur drüber, wer wahnsinnig ist oder Freeclimber.»

Professor Pöppelmann stieß einen Seufzer aus, strebte verzweifelt der Leiter zu und konnte nur mühsam zurückgehalten werden.

«Kann man sich nicht vom Speicher aus abseilen?», fragte Jo. «Ist doch nur ein Stockwerk!»

«Eine hervorragende Idee!», rief Pöppelmann. «Lassen Sie mich das tun! Ich bin sowieso ruiniert, wenn es nicht klappt! Ich werde hier ausziehen müssen. Ich werde mir eine spottbillige Wohnung suchen müssen …» Zu seinem eigenen Schutz fesselten wir ihn behutsam auf Frau Schmidtkes Balkonstuhl.

Es gab kein Speicherfenster auf der Seite von Pöppelmanns Wohnung. Susanne rief bei einer Firma an, die

Hubschrauber vermietete, allerdings nicht, auch nicht ausnahmsweise, für Flüge im Innenstadtbereich.

Christian schlug vor, sich dennoch am Seil aus dem einzig vorhandenen Speicherfenster, das übereck lag, herunterzulassen, hin- und herzuschaukeln, bis er mit den Fingern die Hausecke greifen konnte, und dann weiterzusehen. Doch auch das war nicht möglich. Es gab keinen Sims, kein Fensterbrett, von dem aus selbst ein todesverachtender Kletterer ein Fensterbrett von Pöppelmanns Wohnung hätte erreichen können.

Hans, der direkt neben dem Professor wohnte, hatte die aussichtsreichste Idee: nachzusehen, ob man nicht von seiner Wohnung aus in die von Professor Pöppelmann gelangen konnte. Und obwohl wir alle Trennwände abklopften, fanden wir keine Stelle, an der die Wand so dünn klang, dass man sie hätte durchbrechen können.

Ein letztes Mal testeten wir im Treppenhaus, ob Pöppelmanns Tür nicht einfach aufsprang, wenn sich zwei oder drei von uns mit voller Wucht und ohne Rücksicht auf Türblatt und Schultern dagegenwarfen. Die Tür hielt.

Dann gingen wir auf Frau Schmidtkes Balkon und lösten Pöppelmanns Fesseln.

«Professor Pöppelmann», sagte ich, «wir haben alles versucht. Jetzt gibt es wirklich nur noch einen Ausweg: Sie müssen den Schlüsseldienst ...»

«Alles, nur das nicht! Kennt denn niemand einen Kriminellen?», rief Pöppelmann durchs Morgengrauen den Schaulustigen verzweifelt zu. «Einen Kriminellen, der ein begabter Türöffner ist und sich etwas dazuverdienen will?»

Gelächter und tosender Applaus brandeten im Hinterhof auf. Der Professor folgte uns mit schleppendem Gang die Treppe hinauf zu seiner Wohnungstür.

«Dann also muss es sein», sagte er mit gebrochener

Stimme. «Ich rufe den Schlüsseldienst an. Ich danke Ihnen allen für Ihre Hilfe. Es war schön, Ihr Nachbar gewesen zu sein.»

Mit geistesabwesendem Blick fischte er etwas aus der Tasche seines Bademantels, schloss seine Tür auf und hielt inne.

«Das kann nicht sein!» stammelte er. «Ein Wunder! ... Aber was tun Sie? Lassen Sie das! Warum nehmen Sie mir meinen Schlüssel weg?»

Der Mann vom Schlüsseldienst verlangte nur 92 Euro. Wir ließen ihn dreimal kommen.

Mein schmutziges Geheimnis

Kurz nach dem Start fiel mir auf, dass etwas nicht stimmte. Zwar klang das Motorengeräusch des Flugzeugs normal, und aus dem Fenster konnte ich sehen, dass die Tragflächen unversehrt schienen. Doch irgendein Umstand beunruhigte mich.

Es waren die anderen Leute.

Der spitzbärtige Mann links neben mir, der entschuldigend lächelte, als er meine Zeitung beim Auseinanderfalten seiner Zeitung streifte: Lag in diesem Lächeln nicht noch etwas anderes, etwas wie ein Vorwurf?

Die Frau auf der anderen Seite des Ganges, die beim Umblättern ihres Buches kurz aufsah und mich mit ihrem Blick streifte – kräuselte sie nicht verächtlich die Nase?

Der Anzugträger rechts vor mir, der in meine Richtung sah und tat, als müsse er seinen Sitz verstellen – warum war sein Blick so angewidert?

Ich rekapitulierte im Kopf meine Morgentoilette. Ich hatte mir nichts vorzuwerfen; ich war besser rasiert und gewaschen als manch anderer in diesem Flugzeug.

Ich spähte aus den Augenwinkeln auf mein Hemd, um zu sehen, ob es womöglich bekleckert war. Es war blütenweiß.

Ich betrachtete meine Hose. Sie war verwaschen, aber längst nicht so, dass man mich derart abfällig mustern musste. Dann fiel mein Blick auf meine Schuhe. Und ich spürte etwas unter der rechten Sohle. Etwas Weiches und Klebriges.

Ich erstarrte vor Schreck.

Mir schoss durch den Kopf, wie ich heute früh, als ich zu spät aus dem Haus rannte, diese Nachbarin mit dem wurstförmigen Hund gerade noch um die Ecke hatte verschwinden sehen. Es war derselbe elende Köter, den ich in dringendem Verdacht hatte, seinen Haufen schon ein Dutzend Mal vor unsere Haustür gesetzt zu haben.

Ich versuchte, mir nichts anmerken zu lassen und meine Nase unauffällig in die Nähe meiner Schuhe zu bringen. Rechts stoppte mich viel zu früh der Kopf des schlafenden Massigen neben mir. Also beugte ich mich nach links. Die Nase nur Millimeter vor der Zeitung des Spitzbärtigen, sog ich konzentriert die Luft ein, bis mir endlich der typische ekelhafte Geruch in die Nase drang. Da das Flugzeug in dem Moment leicht wackelte, stieß ich mit dem Gesicht gegen die Zeitung.

Der Spitzbart starrte mich an, deutlich vorwurfsvoller als zuvor. Ich tat, als habe ich etwas verloren, und murmelte eine Entschuldigung. Er nickte kurz; mir fiel auf, dass er witternd die Nase hob und kurz zur Seite und nach vorn sah, wo sich eine Flugbegleiterin mit dem Getränkewagen näherte.

Der Geruch. Er wusste offenbar nicht genau, woher der Geruch kam.

Das war meine Chance. Noch konnte ich von mir ablenken.

Ich blähte kräftig die Nasenlöcher auf und warf vorwurfsvolle Blicke in die Runde. Niemand beachtete mich.

Ich schnaubte deutlich hörbar Luft durch die Nase und intensivierte meinen vorwurfsvollen Gesichtsausdruck.

Der Spitzbärtige streifte mich aus den Augenwinkeln mit einem kurzen, verständnislosen Blick. Die Frau mit dem Buch sah auf und fixierte mich ein, zwei Sekunden.

Ich setzte eine so unschuldige wie empörte Miene auf.

Sie lächelte sarkastisch und widmete sich wieder ihrem Buch.

Man glaubte mir nicht. Noch nicht.

Ich hustete laut und angewidert, was mir in Anbetracht des Zeugs unter meinem Schuh gar nicht so schwerfiel, und rang ostentativ nach Luft.

«Alles in Ordnung?», fragte mich die Flugbegleiterin, die plötzlich strahlend neben mir stand.

«Ja, danke», sagte ich mechanisch.

«Vielleicht sollten Sie Ihren Gurt lockern, damit Sie besser Luft bekommen», sagte sie zuvorkommend. «Darf ich?». Sie beugte sich über mich, dem widerlichen Geruch entgegen, der von meinem Fuß aufstieg.

«Danke», sagte ich eilig, «danke, ich komme schon zurecht!», und rückte zur Seite, weg von ihr. Offensichtlich nicht so schnell, dass sie nicht doch etwas gerochen hätte; in ihrem Lächeln lag Befremden, als sie sich abwandte.

«Ist Ihnen nicht gut?», fragte der Spitzbart und griff nach der Zeitung, die ich ihm aus den Händen gestoßen hatte.

«Danke, es geht schon wieder», sagte ich stirnrunzelnd, «vielleicht war das dieser merkwürdige Geruch ...»

«Ah, ja», sagte er, als ob er keine Ahnung habe, was ich meinte.

Ich beschloss, mich mindestens ebenso dumm zu stellen; durch Detailwissen würde ich mich nur noch verdächtiger machen.

«... möglicherweise aus der Klimaanlage», fuhr ich fort, so laut, dass mich auch andere hören konnten, etwa die Frau mit dem Buch und der sitzrückende Anzugträger, «oder es war ein strenges – Parfum …»

«Möglicherweise», sagte mein Sitznachbar und vertiefte sich wieder in seine Zeitung, nicht ohne mir noch einen Blick zuzuwerfen. Einen Blick, der ironisch war.

Und vernichtend.

Es hatte nichts genützt.

Ich hatte es nicht geschafft, von mir abzulenken. Es war nur noch eine Frage der Zeit, bis jeder in diesem Flugzeug wissen würde, dass ich Hundekot-Träger war. Ich musste dringend etwas unternehmen.

Ich warf einen Blick auf die WC-Anzeige. Es war frei.

Ich wollte mich schon erheben, aber da fiel mir ein, dass jeder der argwöhnenden Umsitzenden sofort Bescheid wissen würde, wenn ich nun ging und zugleich mit mir der Kotgeruch verschwand.

Grundsätzlich bin ich ein rücksichtsvoller Mensch, aber meine Notlage ließ mir keine Wahl. Mit angehaltenem Atem streifte ich meinen rechten Fuß immer wieder am Teppich unter dem Vordersitz ab, so weit weg wie möglich von mir. Als ich aufsah, begegnete mein Blick dem des Spitzbärtigen. Mein Puls jagte nach oben.

«Ein Krampf», erklärte ich, «entschuldigen Sie, ich muss mich bewegen.» Ich stand auf, schob mich an dem mit offenem Mund schlafenden Massigen zu meiner Rechten vorbei, ignorierte den ungehaltenen Blick der Frau mit dem Buch und bewegte mich auf die Toilette zu. Dabei achtete ich darauf, mit dem rechten Fuß nicht an der fraglichen Stelle aufzutreten, aber ihn auch nicht unnötig hochzuheben, damit die Geruchsschwaden dicht am Boden blieben.

Ich hatte den Getränkewagen vergessen. Er blockierte die gesamte Breite des Ganges, dahinter stand die strahlende Flugbegleiterin von vorhin.

Mir blieb nichts anderes übrig, als mich vorerst zurückzuziehen.

Als ich mich an dem Schlafenden vorbei auf meinen Sitz zwängte, kräuselte der Spitzbart die Nase und rückte mit seiner Zeitung von mir ab. Der Anzugträger vor mir fuhr hoch, fummelte wieder an seiner Sitzlehne herum und fixierte mich stirnrunzelnd.

Ich starrte geradeaus und zwang mich, niemanden anzusehen. Ich malte mir aus, wie ich, sollte ich jemals glücklich heimkehren, den Briefkasten der Hundebesitzerin mit den Hinterlassenschaften sämtlicher Hunde der Straße füllen würde. Sämtlicher Hunde des Viertels.

Endlich war die Flugbegleiterin mit dem Getränkewagen bei uns.

«Geht es Ihnen besser?», lächelte sie mich an. «Soll ich Ihnen etwas bringen, was Ihnen hilft, den Flug besser zu überstehen?»

«Danke, das ist nicht nötig», lächelte ich zurück.

«Gut, wenn Sie meinen», lächelte sie. «Möchten Sie ein Getränk?»

«Nein danke», sagte ich.

«Nehmen Sie ruhig eins, das beruhigt. Sie werden sich besser fühlen», lächelte sie weiter.

«Ich sagte: Nein danke», lächelte ich.

«Es geht Ihnen wirklich gut?», lächelte sie immer noch.

«Ja, es geht mir gut», sagte ich, nicht mehr lächelnd.

Argwohn im Blick, servierte sie dem Spitzbärtigen einen Tomatensaft und schob ihren Wagen weiter. Zwei Reihen hinter uns winkte sie einer Kollegin, vorgeblich, um sich Nachschub an Tomatensaft bringen zu lassen. Ich sah, wie sie ihr etwas zuraunte und dabei in meine Richtung nickte.

Doch das konnte mich nicht mehr aufhalten, nun war

der Weg zum WC frei. Ich erhob mich zum zweiten Mal und ging los. Nur fünf, sechs Sitzreihen trennten mich noch von der Tür, da schnellte ein unverschämter Schnösel von seinem Platz hoch, drängte sich kurz vor mir in den Gang und verschwand in der Toilette.

Ich blieb vor der Tür stehen, bis ein Mann in der ersten Reihe mit misstrauischem Blick aufsah. Vermutlich hatte er etwas gerochen; ich durfte keinesfalls zu lange auf ein und derselben Stelle verharren. Ich begann, vorsichtig in Richtung meines Platzes zurückzugehen, stets bereit, sofort umzukehren, sobald der Schnösel herauskam.

Er tat es nicht. Ich hatte meinen Platz schon fast erreicht, aber er blockierte noch immer das WC.

Noch während ich überlegte, ob ich einfach vorbeischlendern oder meinen Platz wieder einnehmen sollte, erwachte der Massige. Er streckte sich gähnend. Dann rümpfte er deutlich die Nase, sah nach allen Seiten und drehte an der Lüftung.

Ich steuerte sofort weg von ihm, zurück in Richtung Toilette, die nach wie vor besetzt war.

Als ich mich erneut meinem Platz näherte, verzog der Massige das Gesicht und nieste angewidert. Sofort drehte ich wieder ab.

«Wir haben hinten noch ein WC», sagte auf einmal die Flugbegleiterin hinter mir.

«Danke, sehr freundlich», sagte ich und achtete darauf, Abstand zu halten. Was nicht leicht war, denn je weiter ich zurückwich, desto mehr kam sie auf mich zu.

«Was haben Sie denn?», fragte sie mit geweiteten Augen.

«Nichts», sagte ich, «alles in Ordnung.»

«Ich glaube, Sie sollten eine Tablette nehmen», sagte sie und griff beruhigend nach meinem Arm. «Ich verspreche Ihnen, der Flug dauert nicht mehr lange.»

«Das macht nichts», erwiderte ich ausweichend, warf einen Blick über die Schulter und sah den Schnösel die Toilette verlassen.

«Soll ich Sie begleiten?», fragte die Flugbegleiterin besorgt. «Sie müssen sich nicht schämen!»

«Nein danke», sagte ich, «lassen Sie mich. Es ist alles in Ordnung, wirklich.»

Ich steuerte mit so großen Schritten auf das WC zu, dass sie Mühe hatte, mir zu folgen.

Ich öffnete die Toilettentür. «Oh nein», sagte sie plötzlich hinter mir und griff nach der Tür, «das riecht nicht gut, bitte warten Sie!»

Die um mich Sitzenden sahen hoch. Es war vorbei.

Einen kurzen, verzweifelten Moment lang erwog ich, sie von der Tür wegzuschubsen und mich für den Rest des Fluges im WC zu verbarrikadieren, aber womöglich wäre das Spezialkommando mit dem Aufbrechen der Tür schneller gewesen als ich mit dem Entfernen des Kotes.

«Kommen Sie», sagte die Flugbegleiterin und griff nach meinem Arm, «benutzen Sie bitte die andere Toilette hinten, hier war jemandem nicht gut.»

Jetzt nahm auch ich den Gestank wahr, der meinen Hundekot-Geruch eindeutig überlagerte. Wie in Trance folgte ich ihr, vorbei am sich wegduckenden Schnösel.

«Wie gesagt», sagte die Flugbegleiterin vor der hinteren Toilette noch einmal, «wenn Sie lieber jemanden dabeihaben wollen … vielleicht lassen Sie auf jeden Fall die Tür offen …»

Ich schloss die Tür von innen ab und legte auf dem Kabinenboden sorgfältig Papierhandtücher aus. Dann zog ich meinen Schuh aus, nahm eine Handvoll Toilettenpapier, hielt den Schuh über das viel zu kleine Becken, holte tief Luft und drehte ihn um.

Unter der Sohle klebte – ein Kaugummi. Er klebte so fest, dass ich ihn nicht entfernen konnte.

Aber als ich die Ankunftshalle durchquert hatte und über den Parkplatz zu einem Taxi ging, hatte ich mich längst daran gewöhnt.

Nur den Geruch von Hundekot, den ich mir so lange eingebildet hatte, hatte ich immer noch in der Nase. Als ich im Taxi saß, sogar stärker als zuvor.

«Kann es sein», fragte der Fahrer, «dass Sie gerade irgendwo reingetreten sind?»

Ich wette, morgen bin ich krank!

Ich bin in diesen Tagen ganz in eurer Nähe», sagte Onkel Willi, als er eines Abends anrief, «und da dachte ich, es ist ja bald Wochenende, und vielleicht habt ihr Zeit …»

«Gerne doch», sagten meine Liebste und ich ergeben ins Telefon.

«Ich hoffe allerdings, es kommt mir nichts dazwischen», fügte Onkel Willi hinzu. «Ich fühle mich seit Tagen unwohl – ihr seid doch nicht etwa krank?»

Wir verneinten. Onkel Willi buchte.

«Es war ein Fehler zu kommen», sagte er, als wir ihn am nächsten Abend am Bahnhof umarmten. «Der ganze Zug war voll hustender und schniefender Leute. Ich hoffe, ich habe mir nichts geholt. Ich fürchte es fast.»

«Sicher nicht, Onkel Willi», sprach ihm meine Liebste zu. «Es ist Frühsommer, das ist keine Erkältungszeit.»

«Sag das nicht», beharrte er, während wir aus dem Bahnhof traten und auf den wartenden Bus zugingen. «Wir fahren doch jetzt nicht etwa mit diesem Bus?»

Meine Liebste und ich wechselten einen beunruhigten Blick.

«Eigentlich wollten wir das», sagte ich vorsichtig, «der Bus hält direkt vor unserer Haustür, und so könntest du gleich einen ersten Eindruck von der Stadt …»

Onkel Willi setzte empört seine Tasche ab. «Wisst ihr denn nicht, dass so ein Bus die reinste Bazillenschleuder ist?»

Wir nahmen ein Taxi.

Als wir einstiegen, achtete Onkel Willi darauf, das Innere des Wagens möglichst mit keinem Finger zu berühren. Unglücklicherweise reichte es dem Taxifahrer nicht, uns nur zu fahren. Er erzählte, dass er vor wenigen Tagen einen Fernsehmoderator chauffiert hatte. «Es war kurz vor der Sendung, und der Arme war total erkältet», sagte er.

Hastig drückte Onkel Willi mit seinem Taschentuch auf den Fensteröffner und schwieg vorwurfsvoll in den Fahrtwind.

Er gab seine Einsilbigkeit erst auf, als wir ihm zu Hause eröffneten, dass wir in unserem Lieblingsrestaurant den schönsten Tisch reserviert hatten.

«Ihr wollt schon wieder unter kranke Leute?», fragte er kopfschüttelnd. «Habt ihr denn nichts zu essen gekauft?»

Wir erklärten ihm, dass wir in den letzten Tagen beruflich so viel zu tun gehabt hätten, dass wir nicht zum Einkaufen gekommen seien. Onkel Willi verschlang unsere letzten drei Knäckebrote; dann ließ er sich überreden mitzukommen, nicht ohne aus seiner Reisetasche ein Fläschchen hervorzukramen.

«Tohawohabo», erläuterte er, nachdem er dreißig Tropfen hatte in seinen Mund laufen lassen, «eine Art natürliches Antibiotikum, das die körpereigene Abwehr unterstützt. Wollt ihr auch?»

Wir dankten.

Glücklicherweise war das Lokal nicht voll besetzt, schon gar nicht rund um unseren Lieblingstisch. Onkel Willi deponierte sein Taschentuch und meinen Wollschal, den er sich wegen möglicher Zuggefahr ausgeliehen hatte, griffbereit vor sich auf dem Tisch. Während wir von dem Stadtbesichtigungsprogramm erzählten, das wir für morgen zusammengestellt hatten, verfolgte Onkel Willi jede Bewegung der tischdeckenden Bedienung mit misstrauischen Blicken.

«Ihre Augen sind gerötet und trübe», unterbrach er uns schließlich. «Ich wette, sie niest heimlich in der Küche. Lasst uns gehen, bevor sie uns ansteckt!»

«Onkel Willi», warf meine Liebste ein. «Wir haben noch nicht gegessen!»

Während wir aßen, begann er, sich in unregelmäßigen Abständen zu räuspern. So unüberhörbar tat er das – Onkel Willi hat seine Stimme jahrzehntelang als Gesamtschullehrer trainiert –, dass die anderen Gäste um uns mehrfach verstört aufblickten.

Wir verzichteten auf Nachtisch oder ein zweites Glas Wein.

«Ihr dürft mir das nicht übelnehmen», erklärte Onkel Willi, als wir wortkarg und mit schnellen Schritten zur Wohnung zurückgingen. «Aber bitte versteht: Ich hatte erst vor einem Jahr wieder eine fürchterliche Grippe …»

«Grippe?» fragte ich.

«… einen grippalen Infekt», korrigierte sich Onkel Willi, «inklusive einer beginnenden Nasennebenhöhlenentzündung und Auswurf. Ich habe das nur mit einer disziplinierten Eigenbehandlung in den Griff gekriegt.»

«Eigenbehandlung?», fragte meine Liebste. «Du warst nicht beim Arzt?»

«Um Gottes Willen», rief er. «Wisst ihr nicht, dass jedes Wartezimmer ein Ansteckungsherd erster Güte ist? Nicht umsonst sterben die Leute in den Krankenhäusern wie die Fliegen! Nein, ich habe mit meinem Arzt telefoniert, er kennt mich seit langem, ich habe ihm meine Symptome geschildert, und er sagte: ‹Herr Seyfried, ich weiß mir keinen Rat, Sie müssen sich selber helfen.› Und das habe ich dann auch getan!»

Onkel Willi räusperte sich wieder, zog das Fläschchen aus seiner Manteltasche und nahm weitere dreißig Tropfen.

«Ich hoffe, ich habe mich nicht längst wieder angesteckt», ächzte er. «Wo doch überall eine schlimme Grippe nach der anderen umgeht!»

Zurück in unserer Wohnung, erzählte Onkel Willi den restlichen Abend detailliert von allen Krankheiten, die er in den letzten zehn Jahren durchlitten hatte, und wir versuchten geflissentlich, sein permanentes Räuspern zu überhören.

«Er ist ein entsetzlicher Hypochonder», flüsterte meine Liebste, als wir im Bett lagen. «Wenn doch schon Sonntag wäre!»

Durch die Wand drang ein Räuspern.

«Horch», sagte meine Liebste. «Was ist das?»

«Er räuspert sich immer noch», sagte ich. «Er weiß, dass wir noch nicht schlafen.»

«Nein, das meine ich nicht», sagte sie und setzte sich auf. «Das andere ...»

Tatsächlich, da war ein dumpfes Vibrieren.

Onkel Willi saß im Wohnzimmer in unserem Schaukelstuhl und schaukelte hin und her, wobei er seine nackten Füße immer wieder in den großen Ofenbräter tauchte, den er mit einer grünlichen Flüssigkeit gefüllt hatte.

«Ein Erkältungsbad», erläuterte er, sich schneuzend. «Ich muss versuchen, die Grippe abzuwehren. Ich merke schon, wie meine Nase zuschwillt. Ich brauche Ascorbinsäure und etwas zum Einreiben. Habt ihr Grippemittel und Fieberzäpfchen im Haus? Und ein paar saubere Handtücher? Ich wette, morgen bin ich krank.»

Als ich endlich die Apotheke gefunden hatte, die Nachtdienst hatte, erwog ich kurz, für Onkel Willi

Tödliche Viren

noch einen Mundschutz und ein Zehnerpack Plastikhandschuhe mitzunehmen, die gerade im Sonderangebot waren. «Bist du verrückt?», flüsterte meine Liebste ins Telefon. «Man darf ihn bei seinen Neurosen nicht noch unterstützen!»

Als ich wieder zurück war, hatte Onkel Willi sein Räuspern in ein Hüsteln verwandelt.

«Bitte, Onkel Willi», sagte meine Liebste zu ihm, «hör endlich mit diesem gezwungenen Hüsteln auf. Am Ende musst du wirklich husten!»

Er sah uns beleidigt an, wollte etwas sagen, entschied aber nach einem Blick auf die Uhr, lieber schnell seine Tropfen zu nehmen.

«Du darfst das nicht so eng sehen», flüsterte ich meiner Liebsten zu, als wir wieder im Bett lagen. «Er ist nicht mehr der Jüngste und von der anstrengenden Bahnfahrt wahrscheinlich einfach nur ein bisschen hysterisch. Sicher ist morgen alles wieder vorbei ...»

Wir konnten ganz gut schlafen, auch weil wir uns mittlerweile daran gewöhnt hatten, dass es in unserer Wohnung roch wie in einem Lazarett.

Am nächsten Morgen erwachten wir von ungeduldigen Schritten und Hüsteln vor unserer Schlafzimmertür.

Onkel Willi hatte Frühstück gemacht. «Ich habe die ganze Nacht kein Auge zugemacht», begrüßte er uns, wobei er uns Tee, sich Tee mit Tropfen eingoss. «Danke, ich nehme keine Milch, das verschleimt den Hals nur noch mehr!»

Wir änderten unser Besichtigungsprogramm etwas ab und fuhren nicht zum Hafen, denn dort war, wie Onkel Willi wusste, die Ansteckungsgefahr am höchsten. Wir verzichteten auf den Spaziergang durch den Park, denn dort war die Ansteckungsgefahr noch höher. Und wir holten auch die Theaterkarten nicht ab, die meine Liebste reserviert und bezahlt hatte, denn im Theater war die Ansteckungsgefahr am allerhöchsten überhaupt, vielleicht nur noch mit Ausnahme von Bussen und Taxis. Stattdessen gingen wir in der Wohnung spazieren, kochten Kräutertee und versorgten Onkel Willi mit frischen Taschentüchern, in die er schnaubte, als sei er tatsächlich krank.

Am späten Nachmittag, wir hatten ihn ein paar Minuten nicht beachtet, um mit Freunden zu telefonieren, die den schönen Tag am See genossen, bat er mit matter Stimme um ein Fieberthermometer.

Ich atmete tief durch.

«Onkel Willi», sagte ich. «Hör bitte endlich auf, dir und uns etwas vorzumachen: Dir fehlt nichts! Du bist kerngesund! Du bildest dir alles nur ein.»

«Wie kannst du das sagen!», protestierte er. «Ich weiß, wie sich Fieber anfühlt und was ein grippaler Infekt ist, und wenn ich sage, dass ich krank bin, dann …»

«Onkel Willi», sagte meine Liebste und legte ihm die Hand auf den Arm. «Wenn du so krank bist: Sollen wir dich schnell ins Krankenhaus bringen? Oder willst du nicht lieber nach Hause fahren, in die Nähe des Arztes, der dich am besten kennt, bevor alles nur noch schlimmer wird …?»

Onkel Willis Hüsteln wich lautem, vorwurfsvollem Husten, als er schweigend seine Tasche packte.

«Das habt ihr richtig gemacht», kicherte meine Cousine Claudia am Telefon, als wir ihr die Ankunftszeit seines Zuges durchgaben. «Dieser alte Hypochonder!»

Am nächsten Morgen erwachten wir mit 39 Grad Fieber. Onkel Willi hatte uns angesteckt.

Bürokratenmarathon

Neulich – ich hatte im Fernsehen einen Bericht über einen Metzger gesehen, der von einer herabstürzenden Katze getroffen wurde – überprüfte ich meinen Versicherungsschutz und fand ihn zu niedrig.

«Wir stocken Ihren Vertrag gerne auf», sagte eine Frau Schulze-Scheuerlein von der Versicherung am Telefon. «Ich schicke Ihnen einen kleinen Fragebogen zu.»

Der kleine Fragebogen umfasste zwölf Seiten und verlangte detaillierte Auskünfte zu den letzten zehn Jahren meines Lebens. Ich rief Frau Schulze-Scheuerlein an.

«Sie haben mir den falschen Fragebogen geschickt», sagte ich, «den für schwierige Neukunden. Ich habe doch bei Ihnen schon eine Versicherung, ich möchte nur den Betrag erhöhen.»

«Wir haben Ihnen die Kurzfassung für Altversicherte zugesandt», sagte Frau Schulze-Scheuerlein. «Und es hat sich in Ihrem Leben ja sicher einiges geändert.»

«Eher nicht», erwiderte ich nach kurzem Nachdenken.

«Tut mir leid», sagte Frau Schulze-Scheuerlein, «es geht nicht anders. Oder ist Ihr Gesundheitszustand mittlerweile so schlecht, dass Sie befürchten, nicht versichert zu werden?»

«Nein», sagte ich vehement, «im Gegenteil, ich bin kerngesund, ich laufe …»

«Aha», sagte Frau Schulze-Scheuerlein lauernd, und ich hörte ihre Computertastatur klickern. «Sie laufen? Wo, wie oft? Wohin?»

«Im Park, etwa zweimal die Woche, um den Teich», erwiderte ich.

Sie bat um die Adresse des Parks.

«Und laufen Sie auch an Straßen, an Straßen mit hohem Verkehrsaufkommen?», fragte sie bohrend.

«Nein», sagte ich, «höchstens wenn ich auf Reisen bin und in Hotelnähe keine Laufstrecke ist. Wieso – laufen Sie auch?»

Frau Schulze-Scheuerlein schwieg konsterniert.

«Ich gehe davon aus, dass Sie all das in den Fragebogen schreiben», sagte sie dann. «Ich brauche Ihnen nicht zu sagen, dass wir im Versicherungsfall nicht bezahlen, wenn Sie uns etwas Wichtiges zu Ihrem Gesundheitszustand unterschlagen. Und ich weise Sie darauf hin: Jede Kleinigkeit kann wichtig sein.»

Ich benötigte fünf Abende, um den Fragebogen penibelst auszufüllen.

Schon wenige Tage später hatte ich Post von der Versicherung. Ein dünnerer Umschlag, vermutlich der Vertrag.

«Zur Beurteilung Ihrer Gesundheitsverhältnisse sind weitaus gründlichere Angaben erforderlich», schrieb mir Frau Schulze-Scheuerlein, «bitte schicken Sie den beigelegten sechsseitigen Fragebogen zu Ihren sportlichen Aktivitäten beantwortet zurück.»

«Sie müssen mich verwechseln», sagte ich am Telefon zu Frau Schulze-Scheuerlein. «Ich bin kein Leistungssportler.»

«Amateur?», fragte sie. «Dann kreuzen Sie das an.»

«Nein», sagte ich, «ich laufe nur in meiner Freizeit.»

«Sind Sie sicher?», fragte Frau Schulze-Scheuerlein. «Gibt es jemanden, der das auf Nachfrage bezeugen könnte?»

«Meine Liebste», sagte ich.

«Noch jemand?», fragte Frau Schulze-Scheuerlein unerbittlich.

Ich schwieg verblüfft. «Höchstens mein Nachbar, ich treffe ihn ab und zu», sagte ich dann.

«Sie laufen also auf einsamen Strecken?», stellte sie mit klickernder Tastatur fest, «vermutlich auch im Dunkeln oder in der Dämmerung?»

«Nein, wie ich bereits angab, im Park, und es laufen eher zu viele Menschen dort», sagte ich.

«Aha», sagte Frau Schulze-Scheuerlein triumphierend, «Sie haben sich bei Kollisionen mit anderen Läufern häufiger verletzt?»

«Noch nie!», sagte ich. «Worauf wollen Sie denn hinaus? Laufen ist doch nicht gesundheitsgefährdend, ganz im Gegenteil!»

«In Maßen nein, bei exzessivem Risikosport sieht das allerdings anders aus», sagte Frau Schulze-Scheuerlein.

«Ich habe Ihnen doch die Adressen meiner sämtlichen Ärzte der letzten zehn Jahre aufgeschrieben», sagte ich. «Warum sprechen Sie nicht mit denen? Sie werden Ihnen bestätigen, dass ich kein Risiko …»

«Wir sprechen natürlich mit Ihren Ärzten», entgegnete sie. «Und falls sich allzu große Differenzen zu Ihrer Version ergeben, ziehen wir auf Ihre Kosten einen externen Gutachter hinzu. Also überlassen Sie uns die Beurteilung, und geben Sie die Daten Ihres Nachbarn an. Wurde in Ihrer Familie in den letzten hundert Jahren in ähnlichem Maße und mit ähnlich großem Risiko Sport getrieben?»

«Was soll das heißen?», fragte ich.

«Ob beispielsweise Ihre Eltern ebenfalls laufen», sagte Frau Schulze-Scheuerlein übertrieben geduldig.

«Die wandern nur», sagte ich. «Aber das hat doch nichts mit mir zu tun.»

«Wandern Ihre Eltern schneller als Schrittgeschwindigkeit?», fragte sie.

«Kaum», sagte ich unbehaglich.

«Wo?», fragte Frau Schulze-Scheuerlein.

«Im Wald, auch mal in den Bergen», sagte ich. «Aber …»

«Sind Sie selber auch schon mal in den Bergen gelaufen?», fragte Frau Schulze-Scheuerlein.

«Ein paarmal, in Italien, im Urlaub», sagte ich. «Aber das geht natürlich nur bei einigermaßen ebener Strecke.»

«Ich verstehe», sagte sie, und ihre Computertastatur klickerte. «Trugen Sie Laufschuhe mit speziellem Bergprofil?»

«Ich wüsste nicht, dass es Laufschuhe mit Bergprofil gibt», erwiderte ich. «Was sollen all diese Fragen?»

«Ich muss Sie in Ihrem eigenen Interesse bitten, vollständig und wahrheitsgemäß zu antworten», sagte Frau Schulze-Scheuerlein. «Trugen Sie Laufschuhe mit Bergprofil?»

«Nein», sagte ich, «aber der Weg war breit. Eher eine Straße. Eine unbefahrene!», fügte ich schnell hinzu. «Einsam war es dennoch nicht, es gab jede Menge Spaziergänger …»

«Wie sieht das bei Ihren Großeltern aus, mütterlicherseits und väterlicherseits?», fuhr sie mit klickernder Tastatur fort. «Laufen diese?»

«Die sind längst gestorben!», sagte ich fassungslos.

«In den Bergen?», fragte Frau Schulze-Scheuerlein.

«An Altersschwäche!», rief ich.

«Bitte legen Sie beglaubigte Unterlagen bei, die ausschließen, dass die wahre Ursache des Verscheidens exzessiver Sport war», beschied Frau Schulze-Scheuerlein.

Ich rang nach Luft.

«Das klingt, als hätten Sie eine Sportlerlunge vom übertriebenen Trainieren», sagte sie scharf.

«Ich habe nach Luft geschnappt», erwiderte ich. «Können Sie mir sagen, was das alles zu bedeuten hat?»

«Wir müssen das Risiko so klar wie möglich eingrenzen», erklärte sie. «Heutzutage, das wissen Sie vielleicht, bekommt längst nicht mehr jeder Versicherungsschutz. Übrigens: Sind Sie vor diesem Gespräch gelaufen, möglicherweise zu schnell?»

Ich merkte, dass ich ärgerlich wurde.

«Wissen Sie», sagte ich, «ich habe weder Zeit noch Lust, für ein paar hundert Euro mehr Versicherungsschutz lächerliche Fragen beantworten zu müssen. Ich schlage vor, wir vergessen die ganze Angelegenheit.»

«Dafür ist es zu spät», sagte Frau Schulze-Scheuerlein. «Ich habe den ersten Antragsbogen schon weitergeleitet. Wenn Sie die noch ausstehenden Fragen nun mutwillig nicht beantworten, müssen wir davon ausgehen, dass Sie uns auch vorher schon, bei ihrem alten Vertrag, wesentliche Angaben zu Ihrem Gesundheitszustand, speziell zu Ihrem riskanten Laufverhalten, verschwiegen haben. Das heißt: Sie hätten überhaupt keinen Versicherungsschutz mehr.»

«Das ist Erpressung!», rief ich entsetzt.

«Ich kann Ihnen nur noch einmal raten, alle Fragen ausführlichst und wahrheitsgemäß zu beantworten. Wir werden selbstverständlich einen Abgleich mit Ihren telefonischen Antworten durchführen», schloss sie.

Ich schaffte den Fragebogen in zwei Tagen, was gut war, denn ich musste die private Telefonnummer meines urlaubenden Arztes herausfinden, weil ich eine Bescheinigung brauchte, dass meine Plattfüße nicht durch übermäßiges Laufen entstanden waren.

Ein paar Tage später erhielt ich von Frau Schulze-Scheuerlein einen dreiseitigen «psychologischen Fragebogen für sogenannte Freizeitsportler».

«Hören Sie», sagte ich, als ich sie am Telefon hatte, «das ist aber nun wirklich absurd. Was hat die Frage nach meinen drei Lieblingskinofilmen mit meiner Gesundheit zu tun?»

«Wenn ich es Ihnen sage, wissen Sie, auf was wir hinauswollen», sagte Frau Schulze-Scheuerlein. «Haben Sie übrigens ‹Running Man› gesehen?»

«Nein», log ich instinktiv. Immerhin war ich ohne Zeugen in dem Film gewesen.

«Mögen Sie Kate Bush?», fragte sie weiter.

«Ihre Musik?» erkundigte ich mich. «Womöglich das Lied ‹Running up that hill›?»

Sie schwieg.

«Wenn ich jetzt ja gesagt hätte: Hätte das womöglich allen Ernstes bedeutet, dass ich für Sie ein Risikokandidat bin?», fragte ich. «Kommt Ihnen das nicht selber lächerlich vor?»

«Keinesfalls», sagte sie. «Unsere Fragebögen sind von Versicherungspsychologen ausgearbeitet und tausendfach getestet worden. Und wenn Sie Versicherungsschutz wollen, kann ich Ihnen nur raten …»

Ich betrank mich und schaffte den Bogen an einem einzigen Abend.

Diesmal bekam ich einen Fragebogen mit nur einer einzigen Frage zurück, offenbar war Frau Schulze-Scheuerlein nichts mehr eingefallen. Ich ließ mich von einem erfahrenen Schauspieler coachen, ehe ich sie anrief.

«An welchen Wettkämpfen ich im kommenden Jahr teilnehmen werde?», fragte ich. «Wie meinen Sie das? Ich habe Ihnen doch schon gesagt, dass ich nur in meiner Freizeit laufe.»

«Sie nehmen auch an keinem Marathon teil?», fragte sie in tückischem Ton.

«Wo denken Sie hin!», sagte ich.

«Halbmarathon?», fragte sie. «Viertelmarathon?»

«Nein», sagte ich, «nicht mal Achtelmarathon – ein Kollege versucht seit Jahren vergeblich, mich zu überreden. Aber den würde ich gar nicht durchhalten. Nicht mal einen Sechzehntelmarathon. Einen Zweiunddreißigstelmarathon vielleicht – im Schritttempo …»

«Sie absolvieren also auch keine anderen wie immer gearteten Laufwettkämpfe?», fragte sie, Erleichterung in der Stimme.

«Keine!», versicherte ich im Brustton der Überzeugung. «Ich laufe nicht mal mit jemandem um die Wette zur S-Bahn. Ich müsste nach ein paar Metern sowieso wieder stehen bleiben, und ich möchte mich doch nicht blamieren, kurzatmig wie ich bin.»

«Ich verstehe», sagte Frau Schulze-Scheuerlein beruhigt. «Wären Sie so nett und würden mir alles nochmal schriftlich geben?»

«Natürlich», sagte ich.

Drei Tage später bekam ich den Versicherungsschein. Die Versicherungsprämie war horrend.

«Bitte haben Sie Verständnis», schrieb Frau Schulze-Scheuerlein, «aber da Sie so gut wie keinen Sport treiben und kurzatmig sind …»

Wer hat meine Hemden geschrumpft?

Eines Morgens fiel mir auf, dass etwas nicht stimmte. «Die Hemden», sagte ich zu meiner Liebsten, als sie an mir in Richtung Bad vorbeihuschte, «sie werden immer kleiner!» Sie lachte auf, mit leiser Verzweiflung.

«Ich meine es ernst», sagte ich. «Es muss an der Wäscherei liegen.» Meine Liebste musterte mich und das Hemd, das ich trug. «Was soll daran zu klein sein?» fragte sie.

Ich zeigte ihr die zu knappen Ärmel und die spannenden Schultern. «Ich sehe nichts», sagte meine Liebste.

Ich zwang mich zu einem Lächeln: «Aber ich fühle es genau.»

Sie zog die Augenbrauen hoch; Hemden sind bei uns ein etwas heikles Thema.

«Ich bin hundertprozentig sicher», betonte ich. «Meine Hemden sind jedes Mal ein Stück kleiner, wenn sie aus der Wäscherei kommen.»

Meine Liebste sagte energisch, wir müssten nun dringend frühstücken, wenn wir nicht zu spät zur Arbeit kommen wollten.

Auf dem Rückweg vom Büro schaute ich in der Wäscherei vorbei und erkundigte mich nach der Temperatur, mit der speziell meine Hemden gewaschen würden.

«Wir halten uns streng an das, was auf dem Etikett steht», sagte die Wäschereifrau. «Warum fragen Sie?»

Ich erzählte es ihr.

«Ihre Hemden werden immer kleiner?» echote sie brüskiert. «So etwas habe ich noch niemals gehört. Und ich arbeite seit zwanzig Jahren hier.»

Auf dem Heimweg traf ich Uwe. Er trug ein gutsitzendes weißes Hemd mit blauen Bären auf dem Kragen. Als ich ihm erzählte, was ich erlebt hatte, brach er in Lachen aus.

«Ist dir das noch nie passiert?», fragte ich.

«Eher nicht», sagte Uwe. «Du musst wissen, ich kaufe keine Billighemden.»

«Uwe», sagte ich, «auch ich kaufe keine Billighemden …»

«Selbstverständlich», sagte er und wechselte das Thema.

Am nächsten Tag ging ich beim Herrenausstatter vorbei und fragte den Verkäufer nach einer wirklich guten Hemdenmarke. Er empfahl mir ein Hemd, das etwa doppelt so teuer wie mein altes war.

«Und dieses Hemd läuft nicht ein?» fragte ich. «Wissen Sie, ich lege großen Wert darauf!»

«Keinen Millimeter!» bekräftigte er. «Sehen Sie, ich trage es selbst!»

Auf dem Nachhauseweg überlegte ich, dass sich der teurere Kaufpreis mühelos wieder einsparen ließ, wenn ich das Hemd künftig doppelt so lange trug, bevor ich es in die Wäscherei brachte.

Nachdem ich es zweimal getragen und zweimal aus der Wäscherei geholt hatte, zeigte ich meiner Liebsten die spannenden Schultern und die zu knappen Ärmel.

«Es ist unfassbar», sagte ich, «dieser Verkäufer hat gesagt, das Hemd liefe nicht ein!».

«Ich sehe zwar nichts», sagte meine Liebste, «aber warum redest du nicht nochmal mit ihm?».

«Das kann nicht sein!» sagte der Verkäufer im Laden,

«so etwas habe ich noch nie gehört. Und ich arbeite seit zehn Jahren hier.»

Es musste spezielle Seminare geben, in denen Wäschereifrauen und Hemdenverkäufer lernten, diese Sätze inbrünstig aufzusagen, so lange, bis sie selber daran glaubten.

«Aber sehen Sie mich an», forderte ich. «Hier: die knappen Schultern! Hier: die knappen Ärmel!»

«Nun», sagte der Verkäufer, «dann haben Sie das Hemd einfach etwas zu knapp gekauft.»

Ich ließ den unverschämten Kerl stehen und ging auf dem Rückweg in der Wäscherei vorbei.

«Mit wie viel Grad bügeln Sie die Hemden, wenn Sie sie gewaschen haben?» fragte ich die Frau.

«Streng nach Etikett», sagte sie.

«Das kann nicht sein», sagte ich. «Entweder Sie waschen sie zu heiß, oder Sie bügeln sie zu heiß. Denn sie schrumpfen. Sehen Sie!»

Ich zog meine Jacke aus, um es ihr zu demonstrieren.

«Ich sehe nichts», sagte die Wäschereifrau, ohne hinzusehen, «wenn Ihre Hemden kleiner werden, dann liegt das einzig und allein daran, dass Sie schlechte Hemden kaufen.» Sie wandte sich der grinsenden Kundin hinter mir zu.

Ich ging zu einem anderen, teureren Herrenausstatter und verlangte ein Hemd, das nicht in der Wäscherei schrumpfte, absolut nicht.

«Nehmen Sie das», sagte der soignierte Hemdenberater. «Das ist eine wirklich gute Qualität. Ich trage sie selbst.»

«Ich möchte Ihnen nicht zu nahetreten», sagte ich, «aber ich habe genau das schon einmal gehört – und das Hemd ist anschließend eingelaufen.»

«Ich kann Ihnen in aller Form versichern, dass Sie an

diesem Hemd noch viele Jahre Ihre Freude haben werden», sagte der Hemdenberater. «Und sollte es Ihnen wider Erwarten tatsächlich irgendwann zu klein vorkommen, schauen Sie einfach wieder vorbei, ganz egal, ob das in einem Jahr ist oder in drei Jahren.»

Das Hemd kostete das Vierfache meines alten, aber auf dem Nachhauseweg überschlug ich, dass es unter dem Strich dennoch günstiger war, jetzt so viel in meine Garderobe zu investieren, wenn ich mir dafür spätere Verluste durch Schrumpfung ersparen konnte.

Bereits nachdem es einmal gewaschen war, spannte das Hemd leicht, so sehr ich die Ärmel vor dem Spiegel auch in die Länge zog.

Nachdem ich es zum dritten Mal aus der Wäscherei geholt hatte, trat ich morgens auf meine Liebste zu. «Und?», fragte ich.

«Du hast so eine seltsame Körperhaltung», sagte meine Liebste, «du schiebst deine Schultern so nach vorne …»

«Es liegt an meinem Hemd», sagte ich.

Sie sah mich an und zupfte eine Falte an meiner Schulter gerade.

«Beim nächsten Mal solltest du dir eins kaufen, das nicht so knapp sitzt», sagte sie.

«Ich habe es nicht so knapp gekauft», sagte ich, mühsam beherrscht. «Es ist eingelaufen. Und das, obwohl dieser Verkäufer gesagt hat, das würde es nicht tun!»

Meine Liebste hat die Gabe, schweigen zu können, wenn ich wütend werde.

«Es ist passiert», sagte ich zu dem Hemdenberater und wies auf mein Hemd. «Es hat nicht ein Jahr gedauert oder drei Jahre, es hat gerade mal zwei Wochen gedauert!»

Er sah mich mit großen Augen an.

«Was?», fragte er.

«Mein Hemd!», sagte ich. «Es ist kleiner geworden! Sie erinnern sich: Wir hatten darüber gesprochen, und Sie hatten gesagt ...»

«Ich erinnere mich nicht», unterbrach er.

«Hören Sie!», rief ich. «Das war vor zwei Wochen!»

«Es tut mir leid!», er schüttelte den Kopf. «Sie müssen mit jemand anderem gesprochen haben. Ich würde Ihnen beim nächsten Hemdenkauf nur raten: Modische Trends hin oder her – nehmen Sie das Hemd etwas größer, das ist besser für Körperhaltung und Wohlbefinden.»

«Als ich dieses Hemd kaufte, passte es perfekt!», beharrte ich. «Sie haben es selber bestätigt!»

«Bitte hören Sie auf zu schreien», sagte der Hemdenberater, «ich muss Sie sonst bitten, unser Haus zu verlassen.»

Auf dem Nachhauseweg betrat ich ohne Vorwarnung die Wäscherei und verlangte augenblicklich den Ort zu sehen, an dem meine Hemden gewaschen und gebügelt würden.

«Wir haben nichts zu verbergen», sagte die Wäschereifrau und führte mich in ein Hinterzimmer, wo sich Waschmaschinen drehten und zwei Frauen im Akkord Hemden bügelten.

Ich fragte eine von ihnen nach der Temperatur ihres Bügeleisens. Sie antwortete auf Polnisch.

Ich verstehe kein Polnisch.

«Ich übersetze es Ihnen», sagte die Wäschereifrau und schob mich aus dem Raum. «Sie hat gesagt: Je nach Etikett!»

Später rief ich Uwe an und fragte, in welche Wäscherei er seine Hemden bringe.

Uwe erwiderte, dass er je nach Lust, Laune und Preis sämtliche Wäschereien des Stadtteils nutze und bei noch keiner Grund zur Klage gehabt habe. Ich frage doch nicht etwa immer noch wegen dieser bizarren Schrumpf-Geschichte?

Etwas in seiner Stimme ließ mich misstrauisch werden.

Ich ging zum teuersten Herrengeschäft der Stadt, verlangte das beste Hemd, das zu haben war (im Gegenzug würde ich auf eine neue Winterjacke verzichten), trug es und brachte es in eine andere Wäscherei, eine, die am anderen Ende des Viertels lag.

Als ich es abgeholt hatte, konnte ich kein Schrumpfen feststellen.

Ich trug es wieder und ließ es wieder waschen.

Noch immer kein Schrumpfen. Nach dem dritten Test, beschloss ich, würde ich es meiner Liebsten sagen.

Beim dritten Mal war ich so aufgeregt, dass ich das Hemd ungeduldig überstreifte, direkt nachdem ich es aus der Wäscherei geholt hatte.

Und da war es wieder.

Meine Liebste runzelte die Stirn, als ich ihr mit hängenden Schultern gegenübertrat: «Es wäre schön, mal wieder über andere Dinge zu reden als über deine Hemdenphobie.»

«Es ist keine Phobie», rief ich. «Siehst du wirklich nicht, was mit meinen Hemden los ist?»

Ich riss den Schrank auf und begann in rascher Folge, ein Hemd nach dem anderen überzustreifen.

«Siehst du es endlich?», rief ich. «Alle meine Hemden sind geschrumpft! Ich bin allein, die ganze Hemdenmafia ist gegen mich – warum glaubst wenigstens du mir nicht?»

Meine Liebste schwieg, im Blick verständnisloses Verzeihen.

In den folgenden Wochen trainierte ich intensiv jene gebeugte Körperhaltung mit hochgezogenen Schultern, die sich am besten eignete, um das Hemdenschrumpfen ohne verräterischen Faltenwurf auszugleichen. Nach vier Wochen bekam ich Rückenbeschwerden. Nach sechs Wochen ging ich zu meinem Orthopäden.

Er knuffte mich in eine aufrechte Haltung zurecht und betrachtete mein Hemd.

«Sie haben zugenommen», sagte er.

Abrüstungsgespräch

Ich warne dich», sagte meine Liebste beiläufig kurz vor unserem Urlaub. «Du erinnerst dich, was wir beim letzten Mal vereinbart hatten?»

«Für jeden nur vier Taschen», erinnerte ich mich. «Es wird knapp werden, aber …»

«Für uns beide zusammen nur vier Taschen», präzisierte meine Liebste.

Ich überschlug im Kopf kurz den Inhalt meines Kleiderschranks.

«Das ist unmöglich», sagte ich. «Wie soll ich meine Sachen in vier Taschen kriegen?»

«Unsere Sachen», korrigierte meine Liebste. «Das heißt für dich: zwei Taschen.»

«Das ist erst recht unmöglich», sagte ich.

«Wieso?» fragte meine Liebste. «Das schaffen andere Leute auch. Meine Eltern zum Beispiel …»

«Aber wir fahren nicht nach Mallorca», sagte ich. «Wir fahren nach Bayern. Und wie du vielleicht weißt, ist das Wetter hier in Deutschland sehr wechselhaft. Es kann drei Wochen lang furchtbar heiß sein. Oder saukalt. Es kann drei Wochen lang dauerregnen. Oder die Sonne brennt. Es kann drei Wochen lang fürchterlichen Nebel …»

«Egal», unterbrach mich meine Liebste. «Es muss doch möglich sein, dass wir einmal mit ganz normalem Gepäck in Urlaub fahren!»

Wir kamen überein, am nächsten Tag auf dem Sofa alles zusammenzutragen, was wir mitnehmen wollten.

Tatsächlich, der Kleiderhaufen meiner Liebsten wirkte deutlich kleiner. Was natürlich daran lag, dass sie kleiner ist als ich, also ihre Hemden und Hosen auch weniger Platz brauchten.

«Ich glaube nicht, dass das der Grund ist», sagte sie. «Was ist zum Beispiel das hier?»

«Sportzeug», erklärte ich. «Vielleicht schaffe ich es im Urlaub, wieder mehr zu laufen.»

Mit schnellen Bewegungen durchforstete sie den Stapel. «Dafür brauchst du vier Shirts, zwei Fleecepullover und je zwei Hosen und Laufjacken?»

«Zum Wechseln», sagte ich. «Du möchtest doch nicht, dass ich stinke?»

Sie wollte etwas erwidern. Ich wusste, was sie sagen wollte, und kam ihr zuvor: «Nein. Du weißt genau, dass das Wäschewaschen dort sehr schwierig ist. Und einen Waschsalon gibt es weit und breit nicht. Letztes Jahr musste ich fast mit dem Sport aufhören.»

«Das stimmt nicht», fiel ihr ein. «Du hast so viel Zeug dabeigehabt ...»

«Na eben», triumphierte ich.

«Hör auf, so frech zu grinsen», sagte sie. «Wofür brauchst du außerdem so viele Hemden? Du trägst im Urlaub doch fast nur Poloshirts.»

Ich zuckte die Schultern. «Es kann doch sein, dass ich mich beruflich mit jemandem treffen und einen guten Eindruck machen muss.»

«Im Urlaub?» fragte sie.

«Gut», sagte ich, «die Wahrscheinlichkeit ist nicht groß. Aber falls doch, bin ich heilfroh, angemessene Kleidung dabeizuhaben. In den Läden dort gibt es nur Holzfällerhemden.»

«Ich bitte dich!» rief sie. «München ist zwanzig Minuten entfernt!»

«Woher weiß ich, ob ich dann noch Gelegenheit habe, nach München zu fahren?» fragte ich.

Sie sah mich an, um herauszufinden, wie ernst ich das meinte. Ich nehme meinen Beruf sehr ernst.

«Gut», sagte sie. «Nehmen wir an, du hast im Urlaub zwei überraschende Treffen mit hochwichtigen Leuten. Reichen dafür zwei Hemden extra? Und dazu die Hemden, die du brauchst, wenn wir ausgehen. Wenn ich mich recht erinnere, bist du letztes Jahr mit vier Stück ausgekommen.»

«Aber das war sehr knapp», sagte ich.

«Knapp?» rief meine Liebste. «Als wir heimkamen, hattest du noch zwei übrig!»

«Ich habe auch wie verrückt Hemden gespart», sagte ich. «Sonst hätte ich keine Reserve gehabt, falls ich unvorhergesehenerweise welche gebraucht hätte.»

«Na gut», sagte meine Liebste. «Dann rechnen wir also fünf Ausgeh-Hemden und zwei Treffen-mit-wichtigen-Leuten-Hemden. Das bedeutet, wir können die restlichen sechs zu Hause lassen.»

«Wir sollten nicht zu knapp rechnen», gab ich zu bedenken. «Was ist, wenn ich in letzter Minute vor Aufregung ein Hemd bekleckere oder einen Knopf abreiße? Lass uns zwei Hemden zusätzlich mitnehmen.»

Sie holte tief Luft. «Eins», sagte sie.

Ich überlegte kurz. «Es wird knapp werden, aber meinetwegen», gab ich nach.

Sie legte die Hemden beiseite und widmete sich dem Stapel Poloshirts. Eigentlich waren es zwei, ein Stapel wäre zu hoch geworden und umgekippt.

«Wie viele sind das?» fragte sie.

«28», antwortete ich. «Für jeden Tag eins und noch ein paar als Ersatz.»

«Aber wir sind nicht mal drei Wochen weg!», erwiderte sie ungläubig. So ungläubig, als würde sie mich nicht kennen. «Und du hast doch noch deine Hemden …»

«Ich kann doch nicht abends im Restaurant dasselbe Hemd tragen wie morgens beim Bergwandern», erläuterte ich nachsichtig. «Das heißt, ich könnte. Aber es würde dir nicht gefallen …»

Sie winkte ab.

«Gut, ein Polo für jeden Tag, aber kein einziges mehr», sagte sie. «Das letzte Mal habe ich beim Auspacken acht unbenutzte gefunden!»

«Das reicht aber nicht. Wenn es sehr heiß ist, muss ich mich eventuell auch tagsüber ein-, zweimal umziehen», erklärte ich.

Meine Liebste schüttelte den Kopf: «Es ist September. So heiß wird es nicht.»

«Das ist heutzutage überhaupt nicht mehr abzusehen», sagte ich. «Denk an den Klimawandel!»

Meine Liebste sah mich mit großen Augen an und fing an, haltlos zu kichern.

«Außerdem», fügte ich hinzu, «gibt es Tage, an denen ich keine Lust auf ein schwarzes Poloshirt habe. Tage, an denen ich froh bin, wenn ich noch ein blaues oder ein rotes zur Wahl habe. Wenigstens im Urlaub möchte ich mir noch aussuchen können, was ich anziehe.»

Meine Liebste hatte sich wieder gefangen.

«22», sagte sie. «Das reicht absolut. Einverstanden?»

Ich nickte tapfer. Und ich war froh, dass ich diesen Schwund von vornherein einkalkuliert hatte.

«Pullover», kam sie zum nächsten Stapel. «Acht Stück! Hast du überhaupt noch einen einzigen im Kleiderschrank gelassen?»

«Das sind drei dünnere, zwei dickere und drei mitteldicke», verteidigte ich mich. «Du weißt ja, die Wetterlage ist nicht abzusehen. Letztes Jahr hatten wir sogar schon Nachtfrost. Aber von mir aus können wir einen der dünneren Pullover hierlassen. Ich dachte nur, dass dünne Pullover auch unter den Sakkos gut aussehen, als Alternative zu Hemden.»

Die Augen meiner Liebsten blitzten auf. «Unter den Sakkos?», fragte sie, mit Betonung auf dem Plural-s. «Wie viele Sakkos hast du denn eingeplant?»

Ich zuckte erneut mit den Schultern. «Ich habe drei in der engeren Auswahl und dachte …»

«Nein!», rief sie. «Eins reicht. Nimm das graue mit den Streifen. Basta! Und das mit den dünneren Pullovern als Alternative zum Hemd, das kannst du nicht ernst meinen, oder? Wir reisen schließlich nicht mit einem Tross von Dienern, wir müssen alles selber schleppen!»

«Aber ich schleppe doch immer alles!», protestierte ich.

«Weil du das unbedingt willst», sagte sie. «Aber deswegen möchte ich noch lange nicht, dass du dich unnötig abschleppst. Denk an deinen Rücken.»

Sie umarmte mich versöhnlich und legte alle dünnen Pullover und den mitteldicken grauen zur Seite.

«Wir verzichten darauf, ja?», fragte sie.

«Ungern», sagte ich zögernd, «aber gut». Ich trage meine dünnen Pullover eigentlich schon lange nicht mehr. Und der mitteldicke graue kratzt.

«Lass bitte meine Hosen in Ruhe», fügte ich pflichtgemäß hinzu, als sie sich dem letzten Stapel näherte.

«Wie viele sind das denn?», fragte sie entsetzt. «Mindestens zwölf, wie es aussieht!»

«Elf!», verkündete ich voller Inbrunst. «Zwei für jede Woche, jeweils eine für die Hin- und Rückfahrt, eine Bergwanderhose und zwei als Ersatzhosen, darunter eine dünnere und eine dickere.»

Möglicherweise hatte ich es bei den Hosen ein bisschen übertrieben. Meine Liebste sah mich an, als käme ihr der Verdacht, ich wolle sie veralbern.

«Gut», lenkte ich schnell ein. «Vielleicht reicht auch insgesamt eine Hose für die Hin- und Rückfahrt.»

«Und eine pro Woche», sagte sie.

«Das nicht», erklärte ich. «Bedenke, dass man viel schwitzt, wenn es heiß ist. Und dass man, wenn man sich bekleckert, sich meistens auf die Hose kleckert. Außerdem: Was mache ich, wenn wir beim Wandern einen Hund treffen, der mir die Hose zerfetzt? Zwei Hosen pro Woche sind das Minimum!»

«Aber das ist absurd!» rief sie. «Ich habe immer nur eine Hose pro Woche dabei und komme wunderbar aus!»

«Weil sich Hunde immer auf die Männer stürzen, nie auf die Frauen!», entgegnete ich. «Außerdem hast du doch sicherlich wieder ein paar Röcke dabei, die du sowieso nur zu besonderen Feiertagen anziehst.» Ich begann, in ihrem Stapel zu wühlen. «Aha, dachte ich es mir doch: Eins, zwei, drei … »

«Die nehmen nicht so viel Platz weg wie deine Hosen!» protestierte sie. «Zumal ich kleiner bin!»

«Was kann ich dafür?», erwiderte ich. «Also gut, ich mache dir ein Angebot: zwei Hosen pro Woche und eine Ersatzhose. Dafür habe ich nichts dagegen, dass du auch noch eine von deinen überflüssigen Handtaschen mitnimmst!»

Sie seufzte. «Na gut», sagte sie. «Ich bin sowieso froh, dass du nicht noch deine unsägliche braune Haushose einpacken willst.»

Ich lächelte, als wir uns in den Arm nahmen. Die braune Hose war mit den Ersatzhemden, Ersatzpullovern und Ersatzpolos in dem Paket, das ich gestern vorgeschickt hatte.

Die Speisekarte

Eines Abends beschloss ich, mich zu weigern.

«Nein», sagte ich, als mir der Kellner im Restaurant an der Ecke nach der Bestellung die Speisekarte abnehmen wollte. «Lassen Sie die Karte noch etwas hier!».

Der Kellner nickte und verschwand. Nach fünf Minuten kehrte er zurück, leerte den Aschenbecher am Nachbartisch, tauschte auf meinem Tisch Pfeffer und Salz gegeneinander aus und griff dann wie nebenbei nach der Karte. Doch ich ließ sie nicht los.

Jahrelang hatte ich sie beobachtet, jene unerklärliche Angewohnheit, einem Gast, kaum hatte er bestellt, die Speisekarte abzunehmen wie einem unmündigen Kind. Heute würde ich nicht klein beigeben.

«Sie brauchen die Karte noch?», erkundigte sich der Kellner erstaunt.

«Ja», sagte ich.

Er blinzelte verwirrt. «Möchten Sie noch etwas bestellen?», fragte er dann.

«Vielleicht später», erwiderte ich.

Zufrieden nickend griff der Kellner nach der Karte, aber ich hielt sie fest.

Er lächelte verstehend. «Haben Sie doch noch etwas gefunden?»

«Nein», sagte ich, «ich bin vorerst ganz zufrieden mit meiner Würstchenpizza und dem Wein, auch wenn Sie noch nichts davon gebracht haben.»

«Entschuldigen Sie», sagte der Kellner, verschwand

und kam postwendend mit Weißwein und einem Brotkorb zurück, außerdem brachte er ein überdimensioniertes knallrotes Platzset. Das versuchte er mit seiner freien Hand ungelenk vor mir auf den Tisch zu legen – dort allerdings befanden sich schon mein Weinglas und mein Besteck.

Ich bin ein hilfsbereiter Mensch, manchmal bin ich zu hilfsbereit. Aber ich bin kein Trottel.

In der einen Hand das Weinglas, die andere unverändert auf der Speisekarte, zuckte ich lächelnd die Schultern.

«Netter Versuch», sagte ich. «Aber wie gesagt: Ich möchte die Karte noch behalten.»

Enttäuscht ließ der Kellner das Set hinter seinem Rücken verschwinden.

«Aber ich bringe Sie Ihnen für den Nachtisch wieder», versprach er.

«Warum lassen Sie sie nicht einfach so lange hier liegen?», fragte ich. «Sie haben doch genug Karten – da hinten in der Ecke ist ein ganzer Stapel.»

Er grinste verlegen.

Ich beugte mich vor. «Also», fragte ich, «wofür brauchen Sie in der nächsten knappen Stunde ausgerechnet meine Speisekarte?»

Ich rechnete nicht mit einer vernünftigen Antwort. Ich hatte schon unzählige Male so gefragt. Ich hatte kartentragende Bedienungen bis in die Restaurantküche verfolgt. Ich hatte einen zweiten Gang, dann einen dritten und vor dem Hauptgang überraschend Nachtisch geordert, und die mir vor jeder Bestellung gebrachte Karte jedesmal genau daraufhin überprüft, ob sie zwischenzeitlich manipuliert worden war. Vergeblich.

Statt zu antworten, sah mich der Kellner gleichgültig an.

«Es gibt keinen Grund, den Sie mir nennen könnten, richtig?», fuhr ich fort. «Also können Sie die Karte beruhigt hierlassen. Oder etwa nicht?»

Unvermittelt griff der Kellner nach der Speisekarte und versuchte, sie mir unter der Hand wegzuziehen.

Ich krallte meine Finger in den abgegriffenen Kartenbezug aus Kunstleder, bis sein Griff sich löste. Dann erhob ich mich, legte die Karte auf meinen Stuhl und ließ mich darauffallen.

Er sah mich irritiert an.

«Aber wie gesagt, ich kann sie Ihnen doch jederzeit wiederbringen», sagte er, «Sie brauchen nur etwas zu sagen …»

«Warum sollten wir beide uns diese Mühe machen?», erwiderte ich. «Ist es nicht auch viel leichter für Sie, wenn ich die Karte schon habe? Und nicht erst warten muss, bis Sie zufälligerweise hersehen, damit ich Ihnen winken kann und Sie Ihre Zigarettenpause unterbrechen müssen?»

Der Kellner blinzelte nervös.

«Keine Sorge», beteuerte ich, «ich esse Ihre Speisekarte nicht auf.»

Er dachte nicht daran zu lächeln. «Ich habe gerade gesagt, ich bringe Ihnen die Karte wieder, wenn Sie etwas bestellen möchten», sagte er nachdrücklich. «Geben Sie sie mir jetzt bitte zurück.»

Ich senkte die Stimme: «Wozu? Warum brauchen Sie sie? Was haben Sie mit der Karte vor?»

Er bedachte mich mit einem finsteren Blick und holte einen älteren Kollegen zu Hilfe.

«Mein Herr», sagte der mit aufgetragen dunkler Stimme, «ich muss Sie bitten, meinem Kollegen die Speisekarte zu überlassen.»

«Vielleicht können ja Sie mir einen Grund nennen,

warum ich die Karte nicht noch einige Zeit behalten sollte», sagte ich.

«Wenn Sie noch etwas bestellen möchten, mein Herr, dann selbstverständlich», sagte der ältere Kellner, zückte seinen Block und musterte mich abwartend.

Ich sah ihn fragend an.

«Ich warte», sagte der ältere Kellner.

«Worauf?», fragte ich.

«Auf Ihre Bestellung natürlich», sagte er. «Und nach Ihrer Bestellung werden wir diese Speisekarte mitnehmen. Wenn Sie jetzt bitte wählen würden.»

«Ich weiß jetzt noch nicht, ob und was ich bestellen möchte», sagte ich. «Und genau deswegen, das sagte ich bereits zu Ihrem Kollegen, möchte ich die Speisekarte noch einige Zeit behalten.»

«Wenn Sie später überlegen möchten», sagte der ältere Kellner, «wird mein Kollege Ihnen gerne die Speisekarte wieder bringen.»

«Ich möchte überlegen, wann ich will», sagte ich. «Vielleicht jetzt. Vielleicht später. Vielleicht auch zwischendurch. Und ich möchte dabei ungern von Ihnen oder von Ihrem Kollegen abhängig sein. Verstehen Sie?»

«Mein Herr», sagte der ältere Kellner händeringend. «Bitte seien Sie vernünftig.»

«Ich bin sehr vernünftig», sagte ich. «Und deshalb denke ich nicht daran, mich Ihren absurden Kartenregeln zu beugen.»

Die zwei Kellner tauschten einen finsteren Blick und zogen sich schweigend zurück.

Ich positionierte meinen Stuhl so, dass ich die Küchentür im Blick hatte.

Wenig später öffnete sie sich, der erste Kellner brachte wortlos meine Pizza und knallte den Teller so vor mir auf den Tisch, dass ich zusammenfuhr. Auf einmal war der zweite Kellner hinter mir, kippte meinen Stuhl zurück, sodass ich mich unwillkürlich nach vorn warf, und griff nach der Karte unter meinem Gesäß.

Ich war vorbereitet: Ich parierte mit einem Hieb meines Unterarms und stieß einen gellenden Schrei aus.

Um uns herrschte entsetztes Schweigen, bis der Restaurantchef heraneilte und fragte, was los sei.

Ich klärte ihn darüber auf, dass ich die Karte noch etwas behalten wolle.

«Bedaure», sagte er.

«Warum?», fragte ich.

«Wir sind kein Selbstbedienungsrestaurant», sagte der Restaurantchef. «Bei uns werden Sie bedient. Von geschultem, freundlichem Personal.»

Mit einem Fußtritt wehrte ich einen neuerlichen Vorstoß des ersten Kellners ab.

«Ich habe nichts dagegen, mich bedienen zu lassen», sagte ich. «Ich möchte nur in die Karte sehen, wann ich will. Jetzt, gleich, später. Spontan, ohne sie mir erst bringen zu lassen.»

«Das ist nicht üblich», sagte der Restaurantchef. «Das gab es noch nie.»

«Warum nicht?», fragte ich. «Haben Sie schon mal darüber nachgedacht, dass Sie viel mehr Umsatz machen könnten, wenn Sie Ihre Gäste nicht nur fünf Minuten, sondern den ganzen Abend in die Karten gucken ließen?»

«Ich werde darüber nachdenken», versprach er. «Ob Sie mir kurz die Karte geben könnten? Nur für eine Sekunde?»

«Ich bedaure», erwiderte ich und begann zu essen.

«Ich würde Ihnen ein kostenloses Getränk Ihrer Wahl anbieten», sagte der Restaurantchef, «sofort nachdem Sie mir die Karte ausgehändigt haben.»

«Danke, nein», sagte ich.

«Zwei Getränke», sagte er mit gedämpfter Stimme.

Kauend schüttelte ich den Kopf.

Der Restaurantchef seufzte und griff zum Handy.

Ich hatte noch nicht zu Ende gegessen, da kam ein dicker kleiner Mann auf mich zu und stellte sich als Besitzer des Restaurants vor.

«Das ist überhaupt kein Problem; ich muss mich für meine Mitarbeiter entschuldigen», sagte er sofort. «Sie können Ihre Speisekarte selbstverständlich so lange behalten, wie Sie möchten. Hier, ich habe ein ganz neues Exemplar – darf ich es Ihnen statt des abgegriffenen überreichen, auf dem Sie sitzen?»

Nach dem Essen beschloss ich, noch einen guten Wein zu bestellen, um die Kellner zu ärgern und meinen Triumph zu feiern. Leise pfeifend schlug ich die Karte auf.

Sie war leer.

Spinnenfeind

Ich hoffe», sagte meine Liebste, als wir uns Italien näherten, «ich hoffe, dass dieses Jahr kein Mückenjahr wird! Und kein Spinnenjahr.»

«Ganz sicher nicht», sagte ich schnell, «du musst dir keine Sorgen machen; die letzten vier Jahre waren ja schon Mücken- und Spinnenjahre. Obwohl – wir werden natürlich draußen sein, und da kann es vorkommen, dass wir doch den einen oder anderen Käfer treffen …».

«Solange es nur ein Käfer ist», sagte meine Liebste hoffnungsvoll.

«Sollen wir vielleicht umkehren?» fragte ich. «Wir müssen nicht nach Italien fahren, das war nur so eine spontane, verrückte Idee. In Bayern oder auch im Ruhrgebiet gibt es vermutlich deutlich weniger Insekten.»

«Wo denkst du hin?», fragte meine Liebste tapfer. «Wo wir doch Italien so lieben!»

Wir hingen unseren Gedanken nach, bis wir unterbrochen wurden von einem mutmaßlich gefährlichen Fluginsekt, das vor Florenz in unser Auto eindrang. Meine Liebste hörte erst auf zu schreien, als ich es gefangen und aus dem Fenster geworfen hatte. Der Rest der Fahrt verlief ruhig.

Die Ferienwohnung lag in einer alten Burg. Vor dem Burgtor am Waldrand drängten sich drei Häuschen aus Feldsteinen. Zwei waren verfallen, das dritte diente zur Hälfte als Hühnerstall. Die Burgbesitzerin musste uns mehrfach versichern, dass die andere Hälfte unsere Ferienwohnung war. «Kommen Sie, Sie werden sehen, sie ist wunderhübsch eingerichtet», sagte sie. «Und das mitten in der Natur – was könnte es Romantischeres geben für ein junges Paar wie Sie?»

Die Wohnung war tatsächlich geschmackvoll und mit antiken Möbeln eingerichtet, und da ich ein Stück vor meiner Liebsten ging, schaffte ich es auch, die beiden riesigen Spinnen, die sich in der Dusche belauerten, ungesehen in einem Taschentuch verschwinden zu lassen. Nur die Fliegengitter vor den Fenstern hatten beunruhigend weite Maschen.

«Fliegengitter?», unsere Vermieterin lachte hell auf. «Nein, das ist, damit die Hühner nicht reinkommen. Hier ist der Schlüssel, und haben Sie viel Freude bei uns!»

«Fliegengitter gibt es in jedem Supermarkt, am besten, wir kaufen gleich morgen neue», sagte ich zu meiner Liebsten, als die Frau gegangen war. Wie nebenbei warf ich einen Blick in die Küche und erlegte unauffällig die Stechmücke, die am Kühlschrank saß.

«Ja, unbedingt», sagte sie, ließ sich aufs Sofa sinken und sah sich um. «Hast du schon irgendwelche Insekten gesehen?»

«Kein einziges», log ich und dachte an die dritte Spinne im Badezimmer, die über der Tür ihr Netz hatte, so hoch, dass ich einen Stuhl benötigen würde, um an sie heranzukommen. «Ich habe doch gesagt, es ist kein Ungezieferjahr.»

«Da bin ich froh», sagte meine Liebste. «Weißt du noch, beim letzten Mal, in Spanien, habe ich im ganzen Urlaub fast kein Auge zugetan.»

«Oh, ich erinnere mich sehr gut», sagte ich.

Ich bestand darauf, unser Gepäck alleine hereinzuholen, damit sich die Liebste nach der langen Fahrt erholen und ich heimlich die fünf Kellerasseln liquidieren konnte, die in der Zwischenzeit über die Türschwelle in den Flur gekrabbelt waren. Den zentimeterhohen Spalt unter der Tür verschloss ich notdürftig mit Putzlappen und einem Brett vom Gartenzaun.

«Dass du immer herumwerken musst; selbst im Urlaub findest du keine Ruhe», tadelte mich die Liebste, als sie mich fluchen hörte, der Holzsplitter in meiner Hand wegen. «Komm, wir setzen uns raus und schauen den Sonnenuntergang an!»

Ich hatte auf dem kurzen Weg vom Auto hierher drei Mückenstiche abbekommen und schaffte es, sie zu überzeugen, dass es viel zu kalt zum Draußensitzen und ich außerdem sehr hungrig sei. Während sie das Nudelwasser auf den Herd stellte, kümmerte ich mich um die Badezimmerspinne und um eine zweite, die überraschend in der Dusche aufgetaucht war. Bei einem schnellen anschließenden Kontrollgang durch die Wohnung erwischte ich ein halbes Dutzend Silberfischchen, drei Asseln, drei weitere Spinnen, die plötzlich im Schlafzimmer von der Decke baumelten und etliche unbekannte Käfer.

Als ich abschließend noch einmal ins Badezimmer schaute, waren über der Tür zwei neue Spinnen aufgetaucht, eine dritte bezog gerade die Dusche.

Ich überschlug, dass meine Taschentuchvorräte bei einem weiterhin so hohen Verbrauch in zwei Tagen erschöpft sein würden.

«Du hast so einen gehetzten Blick», sagte meine Liebste, als wir am Tisch saßen und aßen. «Und ständig starrst du die Wände an. Ist dir nicht gut?»

«Doch, doch», sagte ich.

«Ist es nicht schön hier?», fragte sie.

«Wunderbar», sagte ich und zwang mich zu einem sehr entspannten Lächeln.

Sie nahm meine rechte Hand. Mit der anderen wischte ich heimlich eine geflügelte Ameise von der Wand, kurz bevor sie das Blickfeld meiner Liebsten erreichte.

Als wir im Bett lagen – meine Liebste las, ich tat, als lese ich –, arbeitete ich im Kopf den Plan aus, nach dem ich fortan die gesamte Wohnung regelmäßig und systematisch nach Insekten absuchen würde. Zwischenzeitlich sah ich zur Zimmerdecke.

Dort saßen zwei Skorpione.

Ich verhielt mich ruhig, bis meine Liebste in seligen Tiefschlaf gefallen war. Dann ließ ich die Nachttischlampe brennen und fixierte die Biester unablässig, entschlossen, im Notfall den Hardcoverroman vom Nachttisch zu reißen und sie an der Wand zu zermalmen.

Als nebenan der Hahn krähte, zogen sie sich zurück. Ich nutzte die Zeit, um zum ersten Kontrollgang durch Badezimmer und Küche aufzubrechen.

Der folgende Tag verging wie im Flug, was daran lag, dass es länger dauerte, bis wir in einem Geschäft endlich Fliegengitter gefunden hatten, und dass die Insektenkontrollen (vier Spinnen, drei große und ein kleiner Käfer, vier Ohrenkneifer, sechs Asseln, zwei Handvoll Mücken und Silberfischchen) gehörig Zeit in Anspruch nahmen. Am Nachmittag ging ich in die mit eleganten elektrischen Fliegenfenstern ausgestattete Burg und suchte das Gespräch mit unserer Vermieterin. «Ja», sagte sie, «ein paar Insekten gibt es hier natürlich. Nein, eine andere Wohnung ist leider nicht mehr frei. Ach, das wäre ja schade für Sie, wenn Sie früher abreisen würden, denn Sie haben doch im Voraus bezahlt.»

«Du bist immer noch so unruhig», stellte meine Liebste abends fest. «Ständig durchstreifst du die Wohnung. Ist wirklich alles in Ordnung? Sollen wir über irgendetwas sprechen?»

«Alles okay», sagte ich. «Du weißt doch, ich hatte in letzter Zeit viel Stress …»

«Das verstehe ich», sagte meine Liebste. «Aber vergiss nicht, dass wir hier nicht im Büro, sondern ganz entspannt in einem wunderschönen kleinen Ferienhaus sitzen.»

«Ich werde mir Mühe geben», sagte ich.

In dieser Nacht krochen die Skorpione, mittlerweile waren es drei, ein Stück die Wand herunter in unsere Richtung, bevor sie bei Sonnenaufgang wieder umkehrten. Sie wirkten solider, als ich gedacht hatte; ich deponierte unter dem Bett ein paar große Gläser aus der Küche, die man über die Skorpione stülpen konnte, falls ein paar Schläge mit dem Roman nicht das gewünschte Ergebnis brächten.

Der Tag brachte eine Ausbeute von fünf Spinnen, zwei Tausendfüßlern, einer Assel und einer Horde Silberfischchen, dank der Fliegengitter war keine Mücke darunter. Die, stellte ich fest, lauerten alle in unserem Schlafzimmer (wir mussten irgendwo doch eine Öffnung übersehen haben). Glücklicherweise hatte meine Liebste einen so festen Schlaf, dass sie nicht bemerkte, wie ich eine nach der anderen erlegte; zugleich hatte ich so keine Mühe, wach genug zu bleiben, um die Skorpione beobachten zu können.

«Man merkt, dass du dich allmählich entspannst, Liebster», sagte meine Liebste zu mir, als ich beim Frühstück immer wieder einnickte. «Der Urlaub tut dir richtig gut. Hier ist es so schön, und vor allem, es gibt so gut wie keine Insekten.»

In den kommenden Tagen drängte ich darauf, viel zu unternehmen, um tagsüber nicht stündlich in der Wohnung auf Patrouille gehen zu müssen. Außerdem fand ich so immer wieder etwas Schlaf: in einer Kirche in

Pienza, während meine Liebste die umliegenden Läden auf der Suche nach einem Kleid durchstreifte, in einer öffentlichen Toilette in San Quirico d'Orcia, bis meine Liebste gegen die Tür hämmerte, in der Warteschlange eines Souvenirgeschäftes in Assisi, bis mein Hintermann mich gegen eine Glasvitrine lehnte.

Allerdings begann ich allmählich, Fehler zu machen. Die Assel im Kochtopf bemerkte ich erst, als die Nudeln schon fertig waren. Die Spinne neben der Dusche hatte bereits ein zweites Netz in Betrieb genommen. Und der Käfer auf dem Tisch im Wohnzimmer wurde von meiner Liebsten entdeckt, als wir von einem Spaziergang zurückkamen und sie mich nicht unter einem Vorwand hatte vorauslaufen lassen.

«Igitt», rief sie gellend, «was ist das?»

Es gelang mir, ihr zu versichern, dass es sich um eine harmlose italienische Abart des harmlosen deutschen Marienkäfers handele.

Drei Tage vor Ende unseres Urlaubs schlief ich beim Zähneputzen ein, schrak hoch, sah einen Skorpion zu meinen Füßen und trat wie von Sinnen auf ihm herum, bis er zerbrach. Es war meine rote Zahnbürste.

Zwei Tage vor Urlaubsende fand ich im Bücherregal im Wohnzimmer ein in braunes Kunstleder gebundenes Gästebuch (sowie eine Spinne und drei Ohrenkneifer). Der letzte Eintrag im Buch stammte von vor zwei Monaten und war auf Deutsch, geschrieben in zittriger Schrift.

«Wir sind am Ende», las ich, «seit Tagen kommen wir wegen des Ungeziefers kaum zum Schlafen. Sobald die Sonne aufgeht, reisen wir ab – wenn uns die Skorpione lassen ...» Hier brach der Eintrag ab.

Ich vergrub das Buch im Garten.

«Was meinst du», sagte ich zu meiner Liebsten, «war-

um brechen wir nicht einfach schon heute auf? Und machen noch einen Abstecher, nach Venedig zum Beispiel, ich wollte schon immer nach Venedig. Oder irgendwoandershin, egal, Italien ist groß …»

«Was für ein Unsinn», sagte sie liebevoll. «Wo es hier doch so erholsam ist. Ich glaube, die Verlängerungswoche wird auch dir guttun – bin ich froh, dass die Wohnung nächste Woche noch zu haben war …»

Der Toilettenschreck

Neulich betrat ich die Firmentoilette, verrichtete, was ich zu verrichten hatte, ging zum Waschbecken, wusch mir die Hände – und entdeckte neben mir meinen Kollegen Dr. Butterfass, braungebrannt, erholt, strahlend.

«Dr. Butterfass», sagte ich freudig und schüttelte ihm die Hand. «Sie haben einen schönen Urlaub gehabt?»

Dr. Butterfass reagierte anders als erwartet. Sein Gesicht verzerrte sich, er schluckte ein-, zweimal, nuschelte ein «Ja, danke».

Erst als er durch die Toilettentür verschwunden war, bemerkte ich meine feuchte Hand.

Ich musste vergessen haben, sie vor dem Händeschütteln abzutrocknen.

Es hatte keinen Sinn, Dr. Butterfass hinterherzulaufen und eine Entschuldigung zu stottern, ich würde mich lächerlich machen. Aber mir graute davor, dass er denken könne, ich habe es absichtlich getan: Unlängst erst hatte ich gelesen, dass Manager, die durch eine feindliche Übernahme an die Spitze einer Firma gelangen, üblicherweise die Herrentoilette aufsuchen und dem unterlegenen Manager die am Pinkelbecken benässte Hand bieten, um ihn zu demütigen (in Japan reagiert dieser umgehend mit Selbstmord). Vermutlich hatte Dr. Butterfass es auch gelesen.

Möglicherweise war es überhaupt falsch, jemandem, dem man nichts Böses will, auf der Toilette die Hand zu geben; Dr. Butterfass ist bekannt als sensibler Kollege, der Wert auf gute Umgangsformen legt und der zudem in der Firma nicht ohne Einfluss ist. Beim nächsten Toilettentreffen musste ich ihm unter allen Umständen richtig begegnen. Die Frage war nur: wie?

«Ich habe mir noch nie darüber Gedanken gemacht», wand sich mein Kumpel Sven am Telefon, «aber in diesen unsicheren Zeiten würde ich alles unterlassen, womit man negativ auffällt.»

«Sven», fragte ich, mich zur Ruhe zwingend, «wie grüßt du denn jemanden auf der Firmentoilette?»

«Na, ganz normal», sagte Sven zögernd. «Morgens sage ich guten Morgen, mittags sage ich Mahlzeit, abends sage ich guten Abend …»

«Du sagst Mahlzeit?», fragte ich verwundert.

«Wieso nicht?», erwiderte Sven, Verunsicherung in der Stimme.

Auch das Internet half mir bei der Suche nach dem richtigen Toilettengruß nicht weiter; in einem Blog wurde lediglich nebenbei erwähnt, dass man sich in den Londoner Docklands an der Edelstahl-Pinkelrinne mit einem «Hi!» begegnet. In unserer Firma gibt es keine Pinkelrinne, und die Becken sind aus Keramik. Davon abgesehen erinnerte ich mich an einen Zwischenfall, dem ich in einer Bahnhofstoilette beiwohnte und der mit einem «Hey!» eingeleitet wurde, das sehr ähnlich klingt: Der Gegrüßte hatte aus diesem «Hey» den Vorwurf herausgehört, er habe seinem Toilettennachbarn auf den Schuh gepinkelt, und schlug empört zu.

Ich beschloss, sicherzugehen und Dr. Butterfass beim nächsten Mal mit einem unverfänglichen, freundlichen «Guten Tag» zu begrüßen.

Obwohl es ein heißer Sommer war, alle viel tranken und permanent zur Toilette mussten, traf ich dort Dr. Butterfass längere Zeit nicht.

Dann, endlich, als ich am späten Nachmittag vom Kopierer kam, sah ich ihn durch die Toilettentür verschwinden.

Ich musste handeln, sofort.

Mit großen Schritten eilte ich hinter ihm her, riss die Tür auf und schmetterte ein fröhliches «Guten Tag!» in den Raum.

Dr. Butterfass, am Pinkelbecken stehend, schrak zusammen und warf sogleich einen entsetzten Blick nach unten.

«Guten Tag», erwiderte er mit einem gezwungen Lächeln und trat vom Becken weg.

«Ganz schön heiß, was?», smalltalkte ich, als sähe ich den großen Fleck auf seiner hellen Hose nicht. «Haben Sie heute noch viel vor?»

«Eine Sitzung mit dem Vorstand …», sagte Dr. Butterfass mit heiserer Stimme und hielt sich beide Hände vor die Hose.

«Oh, es wird sicher eine erfolgreiche Sitzung!», smalltalkte ich weiter, und als er keine Anstalten machte, die Hände von seiner Hose zu nehmen, hielt ich ihm verbindlich lächelnd die Tür auf.

Mit abgewandtem Blick huschte er wortlos an mir vorbei.

Ich hätte mich ins Knie beißen können vor Ärger. Ganz offensichtlich war auch «Guten Tag» der falsche Gruß, viel zu distanziert, jetzt war ich sicher, dass ein «Hallo!» deutlich angemessener wäre, immerhin arbeiteten wir seit Jahren zusammen. Und es war mit Sicherheit ein grober Fehler gewesen, sein kleines Missgeschick kaltlächelnd zu ignorieren; ich hätte ihm feuchte WC-Tücher reichen, zumindest mein Bedauern ausdrücken müssen.

Beim nächsten Toilettentreffen musste ich das wiedergutmachen, unbedingt. Schließlich wollte ich nicht meine Zukunft in der Firma aufs Spiel setzen.

Als ich mit Dr. Butterfass am folgenden Tag in einer Konferenz saß, lächelte ich ihm mehrere Male freundlich zu, aber er wich meinem Blick aus. Nach der Konferenz versuchte ich, ihn anzusprechen, aber er zog sich in eine Traube plaudernder Kollegen zurück.

Ich sandte ein Stoßgebet gen Himmel, dass es noch nicht zu spät sein möge, unser Verhältnis wieder zu normalisieren.

In den kommenden Tagen suchte ich häufiger die Toilette auf, häufiger, als ich tatsächlich musste, und benutzte stets die Toilette, die schräg gegenüber von Dr. Butterfass' Büro lag. Schließlich schloss ich mich einen ganzen Nachmittag lang in eine der WC-Kabinen ein und lugte bei jedem Eintretenden vorsichtig über die Trennwand, bereit, strahlend hervorzutreten. Allein, Dr. Butterfass kam nicht. Entweder hatte er aus Entrüstung über mich aufgehört zu trinken, oder er benutzte eine andere Toilette.

Am vierten Tag postierte ich mich an der Toilettentür und öffnete sie einen Spaltbreit, sodass ich seine Zimmertür im Auge behalten konnte.

Keine Viertelstunde später verließ Dr. Butterfass sein Büro, sah sich nach allen Seiten um und verschwand gebückt im Treppenhaus.

Ich folgte ihm, bis er drei Stockwerke tiefer hinter einer Tür am Ende des Ganges verschwand. Hinter einer Toilettentür. Es war so weit.

Ich atmete ein paarmal tief durch, setzte mein strahlendstes Lächeln auf, öffnete die Tür behutsam und folgte ihm, bereit, bedingungslos herzlich zu sein.

Der Raum war leer, nein, die hinterste WC-Kabine war besetzt.

Ich zog mich diskret ans Waschbecken zurück.

Ich hatte alle Seifenvorräte aufgebraucht, leichte Schrumpelfinger und war gerade dabei, die Hebel der Armaturen mit den letzten Papierhandtüchern feinzupolieren, da hörte ich die Tür der Kabine. Dr. Butterfass sah mich, erstarrte und wollte hinter mir vorbei zum Ausgang gehen.

Ich schnellte herum.

«Hallo, Dr. Butterfass, hallo!», rief ich, so herzlich ich konnte. «Das ist aber schön, dass wir uns mal wieder treffen! Neulich auf der Konferenz, was Sie da gesagt haben, das war einfach großartig!»

«Vielen Dank!», sagte Dr. Butterfass und versuchte weiterzugehen. Ich hielt ihn auf.

«Mich würde noch Ihre Meinung zur letzten Klausurtagung interessieren ...»

Dr. Butterfass schielte mit unglücklichem Gesicht auf seine Schulter. Auf seinem rosafarbenen Hemd war ein großer nasser Fleck. Ein Fleck, der die Form einer Hand hatte. Meiner Hand.

Diesmal schaltete ich sofort.

«Das tut mir leid», rief ich, «warten Sie, ich helfe Ihnen – mit ein paar feuchten Tüchern sieht das sicher gleich ganz anders aus!»

«Herzlichen Dank», presste Dr. Butterfass hervor. «Ich muss weg, ich habe einen Termin ...».

Er riss sich los und eilte aus der Tür, ohne meine guten Wünsche für den weiteren Tag zu erwidern.

Am Boden zerstört, schlich ich in mein Büro zurück und beschloss, solange ich noch hier war, die Firmentoilette nicht mehr zu benutzen.

Als es nicht mehr anders ging, suchte ich die WCs des Kaufhauses gegenüber auf. Vor der Tür saß eine ältere, freundlich nickende Toilettenfrau.

«Sagen Sie», fragte ich, einer Eingebung folgend, «wie grüßt man eigentlich einen Kollegen auf der Firmentoilette richtig?»

«Na so was», sagte sie, «das hat mich gerade schon ein Herr gefragt.»

Als ich eintrat, wartete Dr. Butterfass auf mich.

Wir befolgten den Rat der Toilettenfrau und grüßten uns mit einem kurzen, freundlichen Brummen.

Dennis, der Schwätzer

«Was ist?», fragte meine Liebste mich beim Frühstück. «Es ist doch was. Was ist los?»

«Nichts», erwiderte ich.

«Das stimmt nicht», sagte sie. «Du bist irgendwie – bedrückt ...»

Ich schwieg.

Meine Liebste strich mir liebevoll übers schon viel zu lange Haar und hielt inne.

«Ach so», sagte sie. «Dennis?»

«Dennis», seufzte ich.

«Und es gibt niemand anderen, der dir die Haare schneiden könnte?», fragte meine Liebste. «Wirklich niemanden?»

Ich schüttelte den Kopf.

Ich hatte getan, was ich konnte. Ich hatte sofort nach der letzten Sitzung bei Dennis versucht, einen Termin bei Marcus zu bekommen, dem anderen Friseur. «Nichts zu machen, sorry», hatte die Frau an der Kasse gesagt. «Aber Dennis hat doch noch jede Menge Termine frei. Warum willst du zu jemand anderem?»

Ich hätte antworten können, dass ich ein eher schweigsamer Mensch sei und Dennis ein eher geschwätziger. Und dass ich nicht zum Friseur gehe, um über Tropenkrankheiten, T-Shirts mit Strickeinsatz und seine sämtlichen Freunde zu sprechen. Aber da näherte sich Dennis, um meinen Nachfolger zu begrüßen und mit einem Wortschwall zu überschütten.

Ich hatte mit verstellter Stimme und unter einem anderen Namen angerufen und einen Termin bei Marcus verlangt, egal wann, und sei es in einem halben Jahr.

«Ein halbes Jahr im Voraus macht Marcus keine Termine», hatte die Frau am Telefon gesagt.

«Ich komme gerne auch schon früher», hatte ich angeboten.

«Sorry», hatte die Frau am Telefon erwidert. «Alles ausgebucht.»

Ich hatte mit einer anderen verstellten Stimme angerufen und mich erkundigt, wann Dennis Urlaub habe. «Keine Sorge, Dennis macht keinen Urlaub», hatte die Frau am Telefon gesagt.

Ich hätte natürlich zu einem anderen Friseurladen gehen können. Aber es gab keinen anderen, der nur fünf Minuten vom Büro entfernt lag, der so angesagt war und wo man die Haare so außergewöhnlich gut geschnitten bekam. Sagten die Kollegen, die allesamt bei Marcus waren.

Nur ich war immer bei Dennis.

«Hallo erst mal», trompetete Dennis mir wie immer zu, als ich den Laden betrat. «Ich bin gleich ganz für dich da. Ich habe Holger gerade die Geschichte von meiner Bruchoperation erzählt.»

Der Kunde an der Kasse nickte erleichtert und verfolgte mit leicht schadenfrohem Blick, wie mich Dennis zum Haarwaschbecken führte.

«Aber dieses Bruchband», fuhr Dennis fort, «war so was von unbequem, ich kann gar nicht sagen, wie. Das erinnert mich an meine Cousine – als die ihre Hüft-OP hatte, trug sie wochenlang ein Korsett. Das war nicht das Schlimme, das Schlimme war, was ihr Mann sagte. Der sagte nämlich zu ihr nur noch eiserne Jungfrau, weil sie so gerade gehen musste. Sie aber dachte, er meinte ihr Sternzeichen, was aber nicht Jungfrau ist, sondern Skorpion. Da war sie beleidigt – ich hoffe, das Wasser geht so – und dachte, er habe auch ihren Geburtstag vergessen, dass sie mehr als eine Woche lang …»

«Bitte etwas kälter», sagte ich mit zusammengebissenen Zähnen.

«… nicht mit ihm geredet hat. Stell dir vor: Er aber dachte, sie sei böse auf ihn wegen, na ja, du weißt schon – ist es so heiß genug?»

«Kälter, bitte kälter!», keuchte ich.

«Na gut. Jedenfalls, es war das Ende der Ehe, und alles nur wegen eines doofen Spruchs», sagte Dennis. «So ähnlich geht es meiner alten Freundin Claudia, die schon alles getan hat, um den Richtigen zu finden. Sie war auf einer Fisch-sucht-Fahrrad-Party, wo sie einen gewissen Torben traf. Na ja, du weißt schon, ein Typ, der Torben hieß und auch genau so aussah. Die beiden trafen sich ein paarmal, und dann erzählte Torben ihr, dass er verheiratet sei, mit einer Brasilianerin, aber dass er gerade in Scheidung lebe – komm bitte mit da drüben auf den Stuhl; so wie immer?»

«Nein, bitte mehr wegschneiden», sagte ich. «Beim letzten Mal war es so wenig, dass mir meine Haare schon nach ein paar Tagen wieder zu lang vorkamen.»

«Jedenfalls, diese Brasilianerin stand eines Tages vor der Tür», sagte Dennis, mit beiden Händen gestikulierend. «In einer Bluse von TrumpetStyle, dieser Marke aus New York, die du sicher kennst: Alles ist grellgelb und glitzert metallisch. Das liegt daran, dass der Typ, der dieses Label gegründet hat, gerne Trompete gespielt hat. Aber als Kind hatte er Klavier gelernt. Bis zu dem Zeitpunkt, an dem seine Mutter etwas Erstaunliches zu ihm sagte …»

«Sollten wir nicht mit dem Schneiden beginnen?», fragte ich. «Meine Mittagspause ist bald vorbei!»

«Ach so, klar», sagte Dennis, zog seine Schere aus dem Holster am Gürtel und fuhr klappernd ein paar Konturen nach. «Jedenfalls, ich komme gerade nicht auf den Namen von dem Typ, er hieß so ähnlich wie Saul Bellow, aber nicht wie der Saul Bellow, den du jetzt vielleicht meinst, sondern eher wie der eine, den ich mal in Thailand getroffen habe.»

Dennis setzte die Schere wieder ab, um besser gestikulieren zu können.

«Jedenfalls, stell dir vor, das war in einem Hotel am Meer, in dem man sich wunderbar erholen kann. Man kann konzentriert einen Comic nach dem anderen lesen, und wenn einem der Kopf raucht, legt man das Buch hin und sieht einfach raus aufs Meer. Nein, beunruhigen muss man sich nicht, das Tsunami-Frühwarnsystem ist da in der Ecke bestens. Eine meiner Schwestern war da mal und hat gesagt: Alles in Butter auf dem Kutter, hahaha, das ist so eine Redensart bei uns …»

«Hahaha», sagte ich. «Ich muss bald wieder gehen. Wollten Sie nicht weiterschneiden, wenigstens das Gröbste, damit man sieht, dass ich beim Friseur war …»

«Entspann dich, das wird ein erstklassiger Haarschnitt», sagte Dennis, «du wirst begeistert sein, wie immer! – Jedenfalls: Meine Schwester hatte ja neulich dieses Problem mit dem Gucci-Gürtel, den sie zu eng geschnürt hatte …»

Als ich viel zu spät in den Fahrstuhl zum Büro stolperte, traf ich Michael. Er hatte eine Frisur, die prima aussah. So prima, dass ich eine Andeutung machen musste.

«Danke», sagte er, «Marcus.» Er sah mich kurz an. «Du müsstest auch mal wieder zum Friseur, oder?»

Am nächsten Tag rief ich bei ein paar anderen Friseurläden in der Innenstadt an und fragte nach Terminen. In einem Salon nur eine halbe Stunde entfernt hätte ich sogar schon einen am übernächsten Freitag um 15 Uhr bekommen. Am Freitag um 15 Uhr habe ich nie Zeit. Der Schnellfriseur drei Straßen weiter hatte sogar noch einen früheren Termin, am nächsten Mittwoch von 7.30 bis 7.40 Uhr. «Sie waschen und fönen selber, wer dann schneiden wird, weiß ich noch nicht genau», sagte der Mann am Telefon. Ich legte auf und ging wieder zum Salon an der Ecke.

Dennis hatte Zeit.

«Ich weiß, ich war erst gestern da …», begann ich.

«Genau», rief Dennis, «deine Frisur ist eigentlich auch noch tipptopp, aber wir können ja mal was anderes ausprobieren. Möchtest du einen Espresso oder lieber einen saftigen Latte? Meine Schwester …»

Ich bat um einen anständigen Haarschnitt, einen, den man als frisch erkannte.

«Natürlich», sagte Dennis, zog die Schere und schnippelte ein paar Haarbüschel an meinem Oberkopf kürzer. «Jedenfalls: Die haben im Keller einen Kinoraum eingerichtet, mit allem Pipapo: zwei Reihen Kinositze aus rotem Samt, ein großer Aufsteller von Lara Croft in der Ecke …»

Er ließ die Schere wieder sinken, um gestikulieren zu können.

«Und der Clou: eine Popcorn-Maschine aus dem Kino gegenüber, das pleitegegangen ist, warum, weiß ich nicht. Und die Technik vom Feinsten, aber hallo …»

«Bitte schneiden Sie!», rief ich. «Sie sollen schneiden, nicht reden! Schneiden!»

«… sicher, also: ein Subwoofer, Festplattenspieler, Plasma sowieso, apropos Plasma, es gibt da doch dieses neue Warzenentfernungsmittel, das habe ich ausprobiert am Hund meines Nachbarn …»

Ich bin nicht nur ein eher schweigsamer Mensch, sondern auch ein eher langmütiger. Aber jetzt reichte es mir.

«Das ist mir scheißegal!», rief ich. «Ich bin hergekommen, weil ich die Haare geschnitten bekommen will und nicht weil ich mich über Warzenentfernungsmittel für Hunde informieren möchte, über Schwestern, Gucci-Gürtel, Kinosäle oder sonst irgendetwas anderes …»

Dennis verzog keine Miene, nickte und hob die Schere. Gleich würde er auf mein Ohr einstechen, aber das war mir in dem Moment egal.

«… was Sie aber dennoch für so interessant halten, dass Sie mir alles bis ins kleinste Detail nahebringen müssen, ob ich will oder nicht», fuhr ich fort. «Und ich will, ganz ehrlich gesagt, nicht. Ich will einfach nur, dass Sie meine Haare …»

Ungläubig nahm ich wahr, dass Dennis zu schneiden begonnen hatte. Er schnitt meine Haare. Aber auch das war mir nun egal.

«… ich brauche Ihr Gerede nicht! So wie ich mich auch nicht permanent vor den Fernseher setze, um mich berieseln zu lassen», fuhr ich schnell fort, während große Haarbüschel von mir zu Boden fielen. «Oder nicht immer Radio hören muss. Ich weiß, das ist ungewöhnlich für Sie, ja, ich sage Sie, Sie haben es sicher noch nie bemerkt in Ihrer egozentrischen Ichbezogenheit, weil ich auch nicht permanent geduzt werden will.»

Ich hörte auf zu sprechen, um Luft zu holen. Sofort verlangsamte Dennis seine Schneidegeschwindigkeit und öffnete den Mund.

«Jedenfalls, meine Schwester hat das Warzenmittel auch ausprobiert, ich darf es zwar eigentlich nicht erzählen, aber sie hat eine Stelle …», begann er und setzte die Schere ab, um besser gestikulieren zu können.

Aber ich hatte begriffen. Es war so einfach; nicht zu fassen, dass ich nicht schon längst darauf gekommen war: Dennis konnte nur eins: schneiden oder reden. Und wenn er redete, schnitt er nicht. Also durfte er keine Gelegenheit zum Reden bekommen. Keine einzige.

«Ich habe heute morgen zwei Vollkornbrötchen mit Butter und Honig gegessen», fiel ich ihm mit aller Kraft ins Wort. «Sehr schmackhaft und nicht zu süß. Honig ist ohnehin eine ungeheure Energiequelle, die Bienen legen all ihre Energie hinein, vor allem morgens …»

Dennis setzte die Schere wieder an.

Als ich mit meinen Kindheitserlebnissen und der Zusammenfassung eines Dokumentarfilms über das Sexualleben der Katzen durch war, griff ich nach einer herumliegenden Männerzeitschrift und las einen Artikel über die richtige Ausstattung einer 50-Meter-Yacht vor. Bevor ich mich der Witzeseite zuwenden konnte, war Dennis fertig.

Ich war heiser vom vielen Reden, aber ich hatte noch nie eine so gut geschnittene Frisur gehabt.

«Marcus?», fragte Michael im Aufzug nickend.

«Dennis», sagte ich wie nebenbei.

Michael zog interessiert die Brauen hoch.

Beim nächsten Mal musste ich eine halbe Stunde warten, bis Dennis für mich Zeit hatte; ich las beim Schneiden aus einer philosophischen Abhandlung vor.

Beim übernächsten Mal sagte die Frau am Telefon: «Nichts zu machen, sorry. Aber Marcus hat noch Termine frei.»

High Noon am Bahnsteig

Es gibt viele Menschen, die ihre berufliche Position missbrauchen. Am schlimmsten war der Fahrer der S-Bahn um 8 Uhr 42.

Wenn ich die Treppenstufen zum Bahnsteig emporklomm, außer Atem, stand die Bahn meist schon da, mit ungeduldig summendem Motor. Das Gesicht des Fahrers konnte ich nur schemenhaft erkennen, die Kabine hatte getönte Scheiben, und er trug ein buntes Basecap mit großem Schirm, wahrscheinlich um seine bösen Augen zu verbergen.

Denn sobald ich einsteigen wollte, schloss er die Türen.

Ich hatte schon alles probiert. Ich hatte ihn nicht beachtet. Ich hatte ihm zugelächelt. Ich hatte drohend die Faust gehoben. Ich hatte zu meinem Anzug ein buntes Basecap aufgesetzt.

Aber es war immer dasselbe: Sobald ich der S-Bahn näher kam, schloss er die Türen. Egal, ob ich in vollem Lauf von der Treppe heranstürzte oder erst auf den letzten Metern beschleunigte und dann vor allen Fahrgästen gegen die sich schließenden Türflügel klatschte wie ein plumper Frosch.

All das wäre nicht weiter schlimm gewesen, wenn ich nicht ständig mit ruinierter Kleidung und zu spät zur Arbeit gekommen wäre. Und ich nicht eines Tages bemerkt hätte, dass andere Anzugträger grinsten, wenn sie mich der S-Bahn zustreben sahen. Dass Frauen sensationslüsternd tuschelten, während ich an ihnen vorbei die Bahnsteigtreppe nach oben sprintete. Dass Jugendliche johlten und klatschten, lange bevor ich gegen die Türen prallte.

An diesem Tag wurde mir unwiderruflich klar, dass es für mich nur zwei Alternativen gab: Einen Umzug in eine Gegend, wo man mich nicht kannte. Oder den Sieg über den sadistischen Kerl mit dem Basecap, dessen größte Freude es war, dass ich mich jeden Tag völlig umsonst beeilte.

Also beeilte ich mich nicht mehr.

Tags darauf verdoppelte ich zwar meine Spurtgeschwindigkeit auf der Treppe zum Bahnsteig, bremste dann aber scharf ab und schlenderte lässig in sein Blickfeld (und in das der bereits lauernden Fahrgäste). Als wolle ich nicht wirklich mitfahren; fast so, als sei ich es gar nicht.

Der Fahrer bemerkte meinen Trick erst, als es zu spät war. Ich spazierte in aller Ruhe durch die sich schließenden Türflügel; im Wageninneren machte man mir respektvoll Platz. Ich gab mir Mühe, nicht heftig zu atmen und so meinen Spurt zu verraten.

Beim zweiten Mal, ich war sehr schnell gelaufen und musste heftig nach Luft ringen, täuschte ich mit Hilfe eines abgelaufenen Schnupfensprays einen Asthmaanfall vor (was mir obendrein zu einem Behindertensitzplatz verhalf).

Beim dritten Mal schloss der Basecap-Mann die Tür so schnell, dass ich es nicht mehr schaffte.

In den Augen der Fahrgäste glomm schon erste Häme auf, aber ich war vorbereitet. Mit großer Geste drehte ich mich zu einem Rentnerpaar um, hakte mich bei der Frau unter – abwinkend und liebevoll lächelnd, als hätte ich schon x-mal wegen Oma und Opa die Bahn versäumt.

Danach verfeinerte ich meine Technik des desinteressierten Auftretens. Ich steuerte nicht mehr gezielt auf eine Wagentür zu, sondern schlenderte mit großem Abstand den Zug entlang, am Ohr das Handy, scheinbar in ein wichtiges Gespräch vertieft. Nachdem ich zwei offene Türen passiert hatte, machte ich bei der dritten unerwartet ein paar schnelle Seitwärtsschritte ins Innere (ich meinte, aus der Fahrerkabine einen Wutschrei zu hören).

Ein andermal hielt ich eine Zeitung, als wolle ich im Gehen ein wenig lesen und sei rein zufällig auf dem Bahnsteig gelandet, bis ich durch eine offene Tür in den Wagen schlüpfte. Dann wieder gestikulierte ich zum entgegengesetzten Bahnsteigende hin, als habe ich dort einen Bekannten entdeckt. Die mir unbekannte Frau, die irritiert, aber freudig auf mich zulief, starrte mir fassungslos nach, als ich in einen Wagen der S-Bahn abbog.

Irgendwann begann der Basecap-Mann, auch diese Taktik zu durchschauen. Als ich am nächsten Morgen den Bahnsteig entlangspazierte, den Blick verzückt zum Himmel gerichtet, in den Händen einen grellroten Flugdrachen, schloss er die Türen, noch bevor ich am zweiten Einstieg vorüber war.

Beim nächsten Mal trat ich maskiert mit einer Sonnenbrille auf den Bahnsteig und tat, als warte ich auf die S-Bahn aus der Gegenrichtung – um es mir plötzlich anders zu überlegen. Nach ein paar schnellen Sprüngen warf ich mich zwischen den zugehenden Türflügeln hindurch, blieb mit dem Fuß hängen, verlor das Gleichgewicht und schlug auf den Wagenboden auf.

Um mich herum breitete sich betroffene Stille aus, Stille, die in höhnisches Gelächter umschlagen konnte.

Doch dazu ließ ich es nicht kommen. Reflexartig riss

ich mein Handy aus der Tasche. «Zentrale, wir haben einen sechsundsiebzigneun, wir haben einen sechsundsiebzigneun, wir brauchen keine Verstärkung, alles unter Kontrolle!», bellte ich. Dann federte ich hoch (wie ich es zu Hause bei der Morgengymnastik seit Wochen geübt hatte), zückte einen Skiausweis mit Foto, nickte den Umstehenden kernig zu und wies die besorgte Frage einer Dame nach meinem blutenden Knie lächelnd zurück («nur ein Streifschuss»).

Und dann, unter den bewundernden Blicken der Fahrgäste, fiel mir ein, wie ich den Basecap-Mann so verunsichern konnte, dass er mich in Ruhe ließ.

Tags darauf fuhr ich mit dem Taxi eine S-Bahn-Station weiter.

Der Zug kam um einiges zu spät, vermutlich hatte der Basecap-Mann auf mich gewartet. Als die Bahn hielt, näherte ich mich gebückt der Fahrerkabine, richtete mich auf und sah durch das getönte Glas ins Innere. Während der Fahrer zusammenzuckte, sprintete ich zur ersten Wagentür und sprang hinein. Es dauerte einige Zeit, bis sich die Tür schloss und die Bahn abfuhr. Ich summte den ganzen Fahrtweg über triumphierend vor mich hin.

Am folgenden Tag hatte ich frei, aber ich fuhr trotzdem mit dem Taxi zu der S-Bahn-Station, die vor meiner lag. Als der Zug kam, spazierte ich ohne Tarnung den Bahnsteig entlang, exakt in der Mitte und unendlich langsam. Ich wusste, dass mich der Basecap-Mann unablässig aus der Fahrerkabine fixierte, die vor Aufregung zitternde Hand auf dem Türschließschalter. Nach endlosen Sekunden blieb ich stehen und blickte auffällig nach allen Seiten. Ich wusste, dass er jetzt kaum zu atmen wagte, dass sich Schweißperlen unter seinem Basecap sammelten.

Und dann, endlich, machte ich eine schnelle Bewegung, ein bloßes Schulterzucken. Doch mein Feind verlor die Nerven. Ich lachte höhnisch, als die Türen sich vergeblich schlossen.

Als die Bahn schließlich anfuhr, fuhr sie langsam und schleppend.

Ich hatte gewonnen.

Am Morgen danach konnte ich es kaum erwarten, zum Bahnhof zu kommen.

Geradewegs steuerte ich auf die S-Bahn zu und stieg ein, ohne dass der Basecap-Mann den leisesten Versuch unternommen hätte, die Tür vor meiner Nase zu schließen. Die Tür blieb offen, auch als ich längst drinnen war.

Triumphgefühl stieg in mir auf. Und ich konnte nicht mehr anders. Ich stieg aus, ging mit wiegenden Schritten zur Fahrerkabine, klopfte gegen die Scheibe, die sich zögernd öffnete, und sah meinem Feind grinsend ins Gesicht.

«Na?», fragte ich höhnisch. «Wollen Sie heute denn gar nicht die Tür vor meiner Nase schließen?»

«Warum?», fragte der Basecap-Mann. «Heute sind Sie doch mal pünktlich.»

Unsere nagelneue Küche hatte einen tollen Herd, einen tollen Kühlschrank und eine tolle Mikrowelle, kurz, sie war fantastisch.

«Das wahre Highlight aber ist das Abfallfach mit dem unglaublich praktischen Trittschalter», sagte der Monteur und trat mit dem Fuß unter eine Schranktür. Eine große Schublade sprang auf, in der sich drei Behälter zum Müllsortieren verbargen.

«Zum Schließen schieben Sie die Tür schwungvoll mit dem Knie zu, sehen Sie, so!», erklärte er.

Wir nickten fasziniert.

«Ich verspreche Ihnen», sagte der Monteur feierlich, bevor er ging, «heute beginnt für Ihren Müll eine neue Zeitrechnung.»

Kaum war er weg, verzehrte ich einen Schokoriegel und betätigte den praktischen Trittschalter. Die Müllschublade schoss fauchend heraus und donnerte so heftig gegen meine Beine, dass ich die Plastikverpackung in den falschen Behälter, den für Glas, fallen ließ.

«Das macht nichts», sagte meine Liebste, «wir werden uns schnell daran gewöhnen.»

Wir konnten es kaum erwarten, zum Abendessen ein kompliziertes Menü zuzubereiten, ein Menü, bei dem jede Menge Abfall anfallen würde.

Nachdem ich die Müllschublade zum dritten Mal benutzt hatte, schmerzte mein rechtes Knie leicht, denn es musste sich noch daran gewöhnen, die Tür abzufangen. Beim fünften Öffnen der Schublade ertappte ich mich dabei, wie ich zur Seite sprang, um ihr auszuweichen.

«Lass mich mal», bat meine Liebste. «Da gibt es sicher einen Trick!»

Auch ihr gelang es nicht, sich so schnell in Sicherheit zu bringen, dass die Schublade sie nicht erwischte. Außerdem hatten wir zunehmend Schwierigkeiten, den Trittschalter zu treffen, möglicherweise weil wir wussten, was passieren würde, wenn wir trafen. «Wir werden uns daran gewöhnen», wiederholte die Liebste, als wir die leichten Dellen an der Müllschubladentür begutachteten.

Am darauffolgenden Tag erwachten wir beide mit Knieschmerzen. Abends beim Kochen versuchten wir, die Müllschublade abwechselnd mal mit den Unterarmen, mal mit dem Gesäß abzufangen. Doch gerade Letzteres setzte eine enorme Treffsicherheit beim Rückwärtstreten voraus, eine, die wir nicht besaßen.

Kurz nach dem Nachtisch löste sich die Zierleiste an der Müllschublade; die links daneben stehende Spülmaschine und der rechts daneben stehende Topfschrank wiesen nun ebenfalls Dellen auf.

«Oje!», sagte meine Liebste. «Die Küche hat so viel Geld gekostet!»

«Wer guckt da schon so genau hin», beruhigte ich sie, als ich im Bett ihre blaugefleckte Hüfte mit Franzbranntwein einrieb. «Und ohne ein paar Gebrauchsspuren ist eine Küche doch keine richtige Küche!»

Am Abend darauf fiel mir auf, dass ich zögerte, den Mülleimer zu bedienen. Statt die leere Reispackung, die Steinpilztüte, einen Weinkorken und einen ungenießbaren Rest Gurke sofort wegzuwerfen, deponierte ich alles in einer Schale neben dem Waschbecken, in der schon die Teebeutel vom Frühstück und eine leere Milchtüte lagen. Auch meine Liebste blieb später wie angewurzelt am Tisch sitzen, statt wie sonst sofort die Teller abzuräumen und die Reste zu entsorgen.

Ich bin kein Mann, der Angst vor einer Müllschublade hat. Als uns der Gesprächsstoff ausging, trat ich dem Müllfach entschlossen gegenüber und fing die herausschnellende Tür mit bloßen Händen ab.

«Mach dir nichts draus», sagte meine Liebste, als sie mein linkes Handgelenk bandagierte, «du schreibst sowieso mit rechts».

Am folgenden Morgen löste sich die Zierleiste am Kühlschrank. Wenig später bemerkte ich, wie meine Liebste vergeblich gegen die Unterseite der Spülmaschine trat, um sie zu öffnen. Ich war erleichtert; mir war dasselbe schon mehrfach mit dem Apothekerschrank passiert.

Unser nächstes Abendessen bestand nur aus Brot und Käse, wobei wir – in stillem Einverständnis – darauf achteten, dass ein winziges Stück Käse übrig blieb, damit wir das Käsepapier nicht wegwerfen mussten.

Am Abend darauf führte ich die Liebste zum Essen aus.

«Morgen rufe ich im Küchenstudio an», sagte ich nach dem zweiten Glas Wein.

«Sie haben ein hochwertiges Qualitätsprodukt erworben», unterbrach die Verkäuferin mich am Telefon. «Keine Abfallschublade verlässt die Fabrik ohne aufwendige Qualitätstests.»

«Kann es sein, dass der Monteur möglicherweise beim Einbau …», begann ich.

«Auf gar keinen Fall», sagte die Verkäuferin. «Unsere Monteure machen keine Fehler!»

Ich entschuldigte mich für meinen Anruf.

Als ich heimkam, lag meine Liebste in sicherem Abstand zur Müllschublade auf dem Bauch und versuchte, den Trittschalter mit einem Besenstiel auszulösen, was nicht klappte, auch nicht, als die Liebste so kräftig zustieß, als wolle sie einen Hecht harpunieren. Erst als ich mich dem Trittschalter entgegenbückte, um zu sehen, ob etwas verklemmt war, sprang die Schublade auf.

Meine Liebste kühlte die Beule an meinem Kopf mit einer Tiefkühlpackung Spinat.

In der darauffolgenden Nacht erwachte ich, weil ich träumte, dass mich jemand trat. Es war meine Liebste.

«Entschuldige», stammelte sie, «ich habe einen Alptraum gehabt: Die Müllschublade wollte mich an die Küchenwand drücken …»

«Beruhige dich», sagte ich, «es ist alles in Ordnung!»

«Nichts ist in Ordnung», sagte meine Liebste. «Erinnerst du dich, dass wir vor zwei Wochen Sabine und Nikolaus für morgen zum Essen eingeladen haben? Wir wollten doch unsere neue Küche einweihen!»

Sabine lachte, als sie die dicken Knieschützer sah, die wir sonst zum Inlineskaten trugen. «Warum habt ihr die denn an?»

Wir erzählten es ihr und auch warum wir ständig gegen alle Küchenschränke traten; unterdessen inspizierte Nikolaus, ohne auf meine Warnungen zu achten, die Müllschublade und taumelte mit schmerzverzerrtem Gesicht zurück. «Das ist ja irre», sagte Sabine, als wir mit dem Essen fertig waren. «Fast wie in diesem Thriller, in dem ein Auto seinen Besitzer terrorisiert!»

Die Liebste seufzte, als wir uns vor dem Schlafengehen gegenseitig mit Franzbranntwein verarzteten. «Übermorgen habe ich einen Termin bei meiner Frauenärztin. Was soll ich ihr nur sagen, woher die vielen blauen Flecken an meinen Beinen kommen?»

«Die Wahrheit!», sagte ich. «Was sonst?»

«Ich hoffe, sie glaubt mir das», sagte sie.

Ich nickte, ging in die Küche und betrachtete die von Dellen übersäten Vorderfronten, die sich lösenden Zierleisten und die Topfschranktür, die nur noch an einem Scharnier baumelte.

Dann versetzte ich der Müllschubladentür einen Tritt.

«Warum?», fragte ich. «Warum terrorisierst du uns? Warum machst du unsere schöne neue Küche kaputt? Was haben wir dir getan?»

Die Müllschublade schwieg.

«Antworte!», rief ich. «Antworte, du dreckiges Stück!»

Sie schwieg noch immer.

Ich ging auf sie zu, um ihr einen deutlich heftigeren Tritt zu versetzen.

Plötzlich sprang sie fauchend auf; ich konnte gerade noch zur Seite springen.

«Ich habe die Federn etwas weicher eingestellt», sagte der Monteur, den uns das Küchenstudio geschickt hatte, als ich drohte, einen Schubladen-Thriller mit Klarnamen zu verfassen. «Jetzt dürften Sie problemlos zurechtkommen, sehen Sie!».

Langsam glitt die Schublade aus ihrer Öffnung und ließ sich von seiner linken Hand mühelos stoppen.

Viel zu mühelos.

«Tun Sie mir einen Gefallen», sagte ich schnell. «Schrauben Sie diese Schublade zu.»

Er sah mich verwirrt an.

«Na los!», rief ich. «Schrauben Sie diese Schublade so fest zu, dass sie keinesfalls mehr aufgehen kann!»

Wir kauften drei Tretmülleimer. Die waren unglaublich praktisch.

Osterhasen-Terror

Am Mittwoch vor Ostern öffnete ich den Küchenschrank, in dem die Osterhasen der vergangenen Jahre saßen: Die gut schmeckenden, die mit ihrem Schnäuzchen und dem Glöckchen so niedlich aussahen, dass ich es nie geschafft hatte, sie zu essen. Und die, die nicht so gut schmeckten, mit denen ich aber zu viel Mitleid hatte, um sie wegzuwerfen.

«Nein», seufzte ich. «Nein. So kann das nicht weitergehen.»

Am Donnerstag vor Ostern schlich ich mich entschlossen in aller Frühe ins Büro. Meine Schreibtischplatte war noch leer, aber kaum hatte ich mich hingesetzt, hörte ich Schritte, die sich verstohlen näherten. Dann schwang die Tür auf.

«Oh, so eine Überraschung, das ist sehr nett, vielen Dank», sagte ich und knipste die Schreibtischlampe an, «aber ich habe schon so viele davon, ich weiß einfach nicht mehr, wohin damit.»

Meine Kollegin Susanne zuckte zusammen, in der ausgestreckten Hand einen scheußlich grinsenden mittelgroßen Osterhasen.

«Bist du sicher?», stotterte sie.

«Eindeutig», sagte ich, stand auf und geleitete sie mitsamt dem Hasen freundlichst zur Tür hinaus. «Frohe Ostern!»

Fünf Minuten später öffnete sich meine Tür erneut.

«Frohe Ostern!», rief Pascal, in der Hand eine lila Tüte. «Ich habe nur eine Kleinigkeit …»

«Lass mich raten: ein lila Osterhase», lächelte ich. «Das ist sehr freundlich von dir. Aber du weißt ja sicher, ich mag Schokolade gar nicht. Warum stiftest du ihn nicht dem Sekretariat?»

«Nein, er ist für dich», bestand Pascal, «ich wollte mich bedanken für die gute Zusammenarbeit, und das Sekretariat hat schon fünf …»

«Pascal, wahnsinnig nett, dass du an mich gedacht hast», sagte ich, «aber ich hasse Schokolade. Es tut mir leid. Wenn du ein kleines Schnitzel in Osterhasenform dabeihättest, wäre es etwas anderes …»

Pascal nickte verständnisvoll, zog sich mit gesenkter Tüte zurück und übergab die Türklinke an Dr. Butterfass.

«Moin», dröhnte der, in beiden Armen ein halbes Dutzend überdimensionierte Osterhasen mit roten und grünen Latzhosen und dümmlichem Lächeln, «frohe Ostern!»

«Frohe Ostern», erwiderte ich, noch bevor er mein Büro betreten hatte, und riss den Telefonhörer hoch. «Entschuldigen Sie, ein wichtiges Gespräch aus London …»

Dr. Butterfass war so damit beschäftigt, seine Hasen festzuhalten, dass er nicht verhindern konnte, dass meine Tür direkt vor seiner Nase ins Schloss fiel.

Als ich sie wieder öffnete, um ein hastig gemaltes «Bitte nicht stören»-Schild an die Klinke zu hängen, sah ich mich Annette gegenüber. Zwischen uns, auf meiner Türschwelle, stand ein in Zellophanpapier eingepackter Osterhase aus verdächtig gräulicher Vollmilchschokolade.

«Ich wollte nur kurz danke sagen», sagte Annette, «für deine Hilfe …»

«Aber das ist doch nicht nötig», sagte ich lächelnd, hob den Hasen hoch und drückte ihn ihr wieder in die

Hand. «Das ist doch mein Job, dafür musst du mir doch nichts schenken. Zumal ich Schokolade überhaupt nicht gut vertrage, gerade ältere Schokolade.»

«Der Hase ist ganz neu», protestierte Annette errötend.

«Das kann schon sein», sagte ich, «aber ich möchte meinen Magen nicht überreizen. Wär doch blöd, wenn ich nächste Woche ausfiele, oder?»

Annette zog sich mit zitternder Unterlippe zurück, um ihren verjährten Hasen jemand anderem anzudrehen.

Bevor ich ging um mein Postfach zu leeren, überzeugte ich mich, dass der Flur nach beiden Seiten hin menschenleer war, dann spurtete ich los.

Ich schaffte den Weg hin und zurück in weniger als zwei Minuten; inzwischen waren lediglich zwei Hasen auf meinem Schreibtisch gelandet: ein winziger goldener und ein angeschmolzener mit dem Werbeaufdruck einer innerdeutschen Airline. In meiner Post befanden sich weitere drei verdächtig ausgebeulte Hauspostumschläge von Kollegen mit dem Vermerk: «Dringende Terminsache, bitte vor Ostern öffnen». Jeder von ihnen enthielt einen Osterhasen, einer sogar zwei.

Ich besorgte mir im Sekretariat den größten Hauspostumschlag, der zu haben war, steckte sämtliche Hasen hinein, inklusive der zwei, die die Sekretärinnen mir überreicht hatten, und sandte den Umschlag anonym an die Abteilung Controlling.

Auf meinem Schreibtisch warteten schon drei neue Osterhasen, darunter ein riesiger, dessen dümmliches Lächeln mir bekannt vorkam, und einer, den man offenbar schon einige Male aus- und wieder eingewickelt hatte.

Ich schloss meine Tür, hielt den Telefonhörer ans Ohr

und tat in der nächsten Viertelstunde gegenüber fünf bis sechs Kollegen, die samt Osterhasen eintreten wollten, als telefoniere ich angestrengt.

Als ich später die Tür wieder öffnete, saß auf der Schwelle ein halbes Dutzend Hasen in allen Größen und Farben.

Ich stopfe die Viecher in meine Aktentasche und suchte die umliegenden Büros heim.

Die wenigsten Kollegen konnten sich gegen meine überschwängliche Herzlichkeit wehren, zumal ich stets vorgab, allein wegen des bevorstehenden Firmenkickerturniers zu kommen. Nur Klaus hatte unglücklicherweise Sven und Jörg zu Besuch. Alle drei hielten jeweils zwei Osterhasen in den Händen, hatten sich offenbar zufällig getroffen und waren sichtlich froh, dass sie nun mir die Hasen schulterklopfend überreichen konnten.

Doch praktischerweise war die EDV gleich gegenüber. Ich betrat geduckt den Raum und zog unauffällig einen Stecker aus einer Steckdose. Während die Kollegen fluchend auf ihre Tastaturen schlugen, setzte ich die Hasen auf ihren Tischen aus.

Auf dem Rückweg begegnete ich im Flur dem Personalchef. «Sie wissen ja, die Zeiten sind nicht die besten, aber ich habe wenigstens eine kleine Aufmerksamkeit für Ostern», sagte er und überreichte mir feierlich einen gigantischen Osterhasen mit grüner Latzhose und dümmlichem Lächeln. «Danke vielmals», sagte ich gerührt und betrat hinter unserer Marketingleiterin den Aufzug. Ich gab ihr den Hasen nur kurz zum Halten, um meine Schnürsenkel neu zu binden, und sprang im dritten Stock unvermittelt durch die sich schließende Tür nach draußen. Ungeschickterweise ließ ich dabei meine Aktentasche zurück.

Als der Aufzug wieder hielt, hatte jemand einen grellgelben Osterhasen und einen schrumpeligen Nikolaus hineingesteckt.

Auch mein Zimmer hatte ich zu lange allein gelassen. Als ich zurückkehrte, häuften sich die Hasen auf und unter dem Schreibtisch, darunter der zellophangraue und der mehrfach gewickelte. Zusätzlich hatte ein Witzbold eine beträchtliche Zahl von No-Name-Hasen in Schubladen, Hängemappen, selbst in meinen Manteltaschen versteckt.

Das war zu viel.

Ich steckte den Zellophangrauen in einen großen Briefumschlag, den ich anonym an Annettes Privatanschrift adressierte. Dann lief ich zum Discounter an der Ecke.

«Geben Sie mir fünfzig der billigsten und hässlichsten Osterhasen, die Sie haben», verlangte ich. Der Verkäufer grinste verstehend.

Ich schleppte die zwei Tüten zurück ins Büro und füllte die Hasen aus meinem Zimmer, die sich inzwischen stark vermehrt hatten, in eine dritte. Dann hängte ich das «Vorsicht: Konferenz»-Schild vor meine Tür, setzte ein eisernes Lächeln auf und begann eine wahllose Tour de Force durch das Haus.

Ich fand schnell heraus, dass es am besten klappte, wenn ich einfach die Türen aufriss, ein paar Hasen in rascher Folge in die Büros hineinwarf und dabei meinen MP3-Player auf volle Lautstärke stellte, um die abwehrenden Rufe nicht zu hören.

Nachdem ich in mein Zimmer zurückgekehrt war – auf dem Weg hatte mir noch eine Kollegin im Hasenkostüm drei Hasen in die Hand gedrückt, darunter einen, den ich vorhin erst gekauft hatte –, stellte ich fest, dass der mehrfach Gewickelte schon wieder auf mich lauerte, diesmal im Papierkorb. Ich musste zu drastischeren Abschreckungsmaßnahmen greifen.

Ich legte ihm eine Schlinge aus Paketschnur um den Hals und befestigte das andere Ende außen so am Türrahmen, dass der gehenkte Hase auf Augenhöhe baumelte. Obwohl ich dazu auf meinem Computer ununterbrochen und in voller Lautstärke das Thema aus «Spiel mir das Lied vom Tod» laufen ließ, sammelten sich vor meiner Tür bis zum späteren Nachmittag zwei weitere Hasen an.

Schließlich klingelte das Telefon. Der Chef. «Wir warten hier mit der Konferenz!», rief er.

«Entschuldigung», stotterte ich, «aber ich wusste nicht …»

Die Konferenz bestand darin, dass der Chef jedem von uns einen anderen Osterhasen überreichte. Ich bekam einen großen mit grüner Latzhose und dümmlichem Lächeln; Christian, der neben mir saß, einen mehrfach gewickelten mit lädiertem Hals. Wir zückten unsererseits unsere mitgebrachten Osterhasen, aber der Chef erinnerte sich an einen wichtigen Termin, zu dem er in dieser Sekunde aufbrechen musste.

Zurück in meinem Zimmer, entsorgte ich den Schwung neu eingetroffener Osterhasen im Fahrstuhl, ohne auf die lauten Proteste der Darinstehenden zu achten. Erst dann fiel mir auf, dass jemand den gehenkten Hasen an meiner Tür entfernt hatte. Ich erwog kurzzeitig, den mit der grünen Latzhose an meine Tür zu nageln, aber da kam Dr. Butterfass mit ein paar Besuchern aus Japan vorbei. Ich begrüßte die Gäste und behauptete, ich sei Mitglied des betrieblichen Osterkomitees.

«Unser lieber Doktor Butterfass ist eben zum Oster-Mitarbeiter des Monats gewählt worden», erklärte ich, «und deshalb haben alle Kollegen zusammengelegt und

ihm einen Osterhasen mit grüner Latzhose und dümmlichem Lächeln gekauft, den er nun ganz alleine aufessen darf!»

Butterfass warf mir hasserfüllte Blicke zu, aber die Japaner feuerten ihn händeklatschend an, bis er auch den letzten Brocken heruntergewürgt hatte.

Ich drapierte das zerfetzte Zellophanpapier vor meiner Zimmertür und konnte so tatsächlich weitere Hasenlieferanten auf Abstand halten; abgesehen von dem unbekannten Wahnsinnigen, dem es gelungen war, ein abgrundtief hässliches Hasenduo von außen – ich sitze im fünften Stock – auf mein Fensterbrett zu schmuggeln.

Vorsichtshalber verließ ich an diesem Tag als einer der Letzten das Büro.

Meine Liebste wartete unten am Empfang, um mich abzuholen. Vor ihr stand eine große Firmenumzugskiste.

«Du musst ja unheimlich beliebt sein», sagte sie ganz gerührt, «jeder, wirklich jeder, der hier rausgegangen ist, hat mir noch einen Osterhasen für dich mitgegeben!»

Der Pantoffelmann

Am Tag nach unserem Einzug saßen wir im Wohnzimmer erschöpft vor dem Fernseher, als jemand begann, vor der Zimmertür auf und ab zu gehen: Trappschlurf, machte es, trappschlurf, trappschlurf.

Nach einer Überraschungssekunde sprang ich zur Tür und riss sie auf, seitwärts gewandt, um nicht zu viel Angriffsfläche zu bieten. Der Flur war leer.

Ich schnellte zur Schlafzimmertür und riss sie auf. Nichts.

Als ich schon auf dem Weg zur Küche war, mit der Rechten einen massiven Kleiderbügel umklammernd, fiel mir auf, dass die Schritte in unserem Flur weitertappten, obwohl ich niemanden sah: Trappschlurf, trappschlurf, trappschlurf.

«Es ist über uns», sagte meine Liebste, die mir gefolgt war.

Wir kehrten ins Wohnzimmer zurück und konzentrierten uns auf den Fernsehthriller, in dem ein Held – trappschlurf – versuchte, seinem maskierten Verfolger dadurch zu entkommen, dass er auf einem Motorrad durch die Pariser Metro raste – trappschlurf –, bis ihn ein zweiter Verfolger vom Motorrad riss, ihn in einen Faustkampf verwickelte und seine Nase an den Metroschienen blutig schlug. Trappschlurf.

«Ich halte das nicht mehr aus», sagte meine Liebste. «Was tut dieser Mensch da oben nur?»

«Er ist ins Wohnzimmer gegangen, vermutlich zu einem Schrank, hat etwas herausgeholt, ist zum Fenster gelaufen, hat ein paar Sekunden nach draußen geguckt und ist zurück zur Wohnzimmertür gegangen, wahrscheinlich um sie zu schließen. Dann ist er zu einem Sessel gegangen und hat sich hineinfallen lassen, möglicherweise um ebenfalls fernzusehen», sagte ich, ohne den Blick vom Fernseher zu heben.

«Ist das normal?», fragte meine Liebste empört.

«Mit Bergschuhen macht man das normalerweise nicht», sagte ich.

Wir kamen zu dem Schluss, dass dieses Wesen im oberen Stock höchstwahrscheinlich keine Bergschuhe trug.

«Um Himmels willen», sagte meine Liebste, «was für ein hellhöriges Haus.»

«Wir werden uns im Nu daran gewöhnen», sagte ich leichthin und entkorkte zur Feier des Tages eine Flasche kräftigen Rotwein.

Den Rest des Abends hörten wir keine Schritte mehr, erst als wir im Bett lagen, ging auch ES – trappschlurf, trappschlurf – ins Bett, das sich dem Anschein nach ziemlich genau über unserem befand.

Am nächsten Abend beim Abendessen hörten wir die schweren Schritte wieder. Trappschlurf, trappschlurf.

Wir sahen zur Zimmerdecke, wo noch keine Lampe hing, die hätte wackeln können, aber wir waren uns dennoch sicher, dass sich die Zimmerdecke leicht durchbog. «Sie muss hauchdünn sein», schauerte meine Liebste, «um Himmels willen, hoffentlich bricht niemand durch.»

Als wir es im Wohnzimmer nicht mehr aushielten, zogen wir uns in die Küche zurück und verbrachten den Rest des Abends auf Pappkisten kauernd. «Morgen», sagte meine Liebste, «morgen gehen wir hoch. Egal was das ist, ES muss seine Schuhe ausziehen!»

Als wir am nächsten Abend wieder trappschlurf, trappschlurf hörten, ging ich einen Stock höher, baute mich vor der Wohnungstür zu meiner vollen Größe auf und klingelte.

Es öffnete ein älterer Herr, der deutlich kleiner war als ich.

«Entschuldigen Sie», sagte ich, als ich mich von meiner Überraschung erholt und mich vorgestellt hatte, «wohnt noch jemand hier?»

«Nein», erwiderte der ältere Herr erstaunt. «Warum?»

Ich erzählte ihm, dass wir schwere Tritte gehört hatten.

Der ältere Herr schüttelte langsam den Kopf. «Ich habe so etwas nicht gehört. Aber wissen Sie, das kann schon sein: Dies ist ein hellhöriges Haus.»

Ich warf einen Blick auf seine Füße. Was er trug, sah aus wie ein Paar Holzpantoffel.

«Tragen Sie diese Schuhe öfter?», fragte ich.

«Das sind meine Hausschuhe», sagte er. «Warum?»

«Glauben Sie nicht», fragte ich vorsichtig, «dass Ihre Schuhe etwas laut sein könnten?»

«Ach, wissen Sie», sagte er lächelnd, «ich trage sie schon so lange, das kann ich mir nicht vorstellen. Haben Sie noch weitere Fragen? Gleich fängt nämlich die große Volksmusik-Parade an.»

«Ein netter alter Herr, aber er hat nicht verstanden, was du ihm sagen wolltest», sagte meine Liebste, die einen Stock tiefer im Türrahmen gelehnt und alles mitgehört hatte.

Am nächsten Abend ging sie mit nach oben.

«Ach, wie nett, kommen Sie doch rein», sagte der ältere Herr, als er uns sah, und ging trappschlurf, trappschlurf vor uns her in sein Wohnzimmer. Herr Blunz, so hieß er, öffnete einen Schrank und bot uns einen Orangenlikör an.

«Vielen Dank», sagte meine Liebste und zog einen Zettel aus der Tasche, «Sie waren ja heute ganz schön früh wach – um 6 Uhr 36 sind Sie erst dreimal im Schlafzimmer auf und ab, anschließend ins Bad, dann in die Küche gegangen. Sind Sie oft so früh auf?»

«Es kommt drauf an», sagte Herr Blunz. «Seit meine Frau tot ist …»

«Dann sind Sie von der Küche zurück in den Flur gewechselt. Dort gingen Sie zweieinhalb Minuten fast auf der Stelle auf und ab», fuhr meine Liebste fort, trat zur Wohnzimmertür und deutete durch den Flur, «bis Sie irgendwann in dieses Zimmer dort hinten abbogen …»

«Die Kleiderkammer», sagte Herr Blunz.

«… Sie verließen das Zimmer nach neun Minuten, gingen zurück in die Küche, setzten sich offenbar an einen Tisch, um nach elf Minuten wieder aufzustehen und dann, nach einem einminütigen Zwischenstopp im Badezimmer, ins Wohnzimmer zu gehen.»

«Ja, denn die Serienwiederholungen fingen an», sagte Herr Blunz unbeeindruckt freundlich.

«Wundern Sie sich nicht, woher ich das so genau weiß?», fragte meine Liebste. «Wir haben Sie ganz deutlich gehen gehört.»

Herr Blunz lächelte verbindlich.

«Wir hören jeden Ihrer Schritte», fuhr meine Liebste fort, «ob wir wollen oder nicht. Und dank Ihrer Holzhausschuhe hört man Ihre Schritte so laut, dass man sie bei aller Mühe nicht überhören kann. Zumal die Decke erbärmlich dünn ist.»

«Das können Sie laut sagen», sagte Herr Blunz, «das ist ein sehr hellhöriges Haus. Möchten Sie noch einen Likör?»

«Wann also», fragte ich, als ich den Likör heruntergestürzt hatte, «wann also werden Sie im Interesse eines harmonischen Nachbarschaftsverhältnisses neue, leisere Hausschuhe kaufen?»

«Neue Hausschuhe?», fragte Herr Blunz verwundert. «Ich habe diese Hausschuhe seit zehn Jahren und bin sehr zufrieden mit ihnen. Ich bin kein Mensch, der sich alle naselang etwas Neues kaufen muss.»

«Es gibt nur einen Weg», sagte die Liebste, als wir wieder in unserem Wohnzimmer saßen, während Herr Blunz weiter durch seine Wohnung trappschlurfte; er musste viermal aufs WC, ging dreimal in die Küche und zweimal zum Telefon. «Wir werden ihm schöne neue, leise Pantoffeln kaufen.»

Schon im ersten Geschäft fanden wir Pantoffeln mit einer so weichen Sohle, dass wir sie beim Probelaufen fast nicht hörten.

«Lieber Herr Blunz», schrieben wir auf eine Karte, «würden Sie uns einen großen Gefallen tun und die beiliegenden Hausschuhe ein paarmal probeweise in Ihrer Wohnung tragen? Sie werden sicher so begeistert sein wie wir!»

Wir stellten die Hausschuhe vor seine Tür und warteten.

Keine Veränderung. Auch am dritten Abend klang das Trappschlurf immer noch wie vorher. Mittlerweile hatten wir unseren Rhythmus dem von Herrn Blunz angepasst. Nach dem Nachhausekommen zogen wir uns nicht ins Wohn-, sondern ins Schlafzimmer zurück, das Herr Blunz bis zum Ins-Bett-Gehen nur gelegentlich aufsuchte. War es so weit, wechselten wir ins Wohnzimmer, um nach ihm schlafen zu gehen. Aber unser Schlafzimmer war klein, und Herr Blunz ging spät zu Bett, denn er hatte morgens keine Termine; im Gegensatz zu uns.

Deshalb schob ich es zuerst auf meine Müdigkeit, als ich beim Nachhausekommen einen unserer Nachbarn sah, der in Pantoffeln am Briefkasten stand. Unseren Pantoffeln.

«Die hat mir der alte Herr Blunz geschenkt», sagte er, als ich ihn ansprach. «Ich kaufe ab und zu für ihn ein. Geld habe ich immer abgelehnt, aber wenn man Pralinen oder Pantoffeln geschenkt bekommt, sagt man doch nicht nein. Und die sind saubequem, für die hat er sicherlich nicht wenig bezahlt.»

«37 Euro 99», sagte ich und verabschiedete mich.

Meine Liebste und ich kauften die besten Ohrstöpsel, die wir kriegen konnten. Allerdings konnten auch sie das Trappschlurf nicht komplett ausblenden. In einer der folgenden Nächte wurden wir sechs- bis siebenmal wach, weil Herr Blunz offenbar unter Verdauungsstörungen litt. «Wir müssen es noch einmal versuchen», brüllte meine Liebste mir durch die Ohrenstöpsel zu. «Und diesmal überreichen wir dem alten Sack die Pantoffeln persönlich!»

«Sie haben großes Glück», sagte der Verkäufer, den wir in unsere Not einweihten, «es gibt genau die Hausschuhe, die Sie suchen: Flüsterlatschen, mit superweicher Sohle aus abriebfreiem High-Tech-Material. Dazu ein ungeheurer Tragekomfort! Die Innovation auf dem Pantoffelmarkt.»

Wir bezahlten 99 Euro 35, aber ein Makler oder ein Auftragskiller wäre deutlich teurer gewesen.

«Vergessen Sie die lumpigen Pantoffeln, die wir Ihnen neulich geschenkt haben», sagten wir, als Herr Blunz die Tür öffnete, «es gibt noch viel bessere: High-Tech-Pantoffeln mit ungeheurem Tragekomfort. Die Innovation auf dem Pantoffelmarkt!»

«Aber ich bitte Sie, das kann ich nicht annehmen»,

lächelte Herr Blunz. «Ich habe doch noch meine alten …»

«Doch», sagte meine Liebste, «wir bestehen darauf – wollen Sie sie denn nicht probieren? Bitte!»

Herr Blunz fuhr in die Pantoffeln und glitt fast unhörbar seinen Flur entlang. Meine Liebste und ich wechselten einen kurzen Blick.

«Die passen wie angegossen, unglaublich, wie gut die Ihnen stehen», rief die Liebste. «Lassen Sie sie am besten gleich an. Sollen wir die alten runter zur Mülltonne mitnehmen …?

«Aber machen Sie sich doch keine Umstände», sagte Herr Blunz, «ich kann doch noch selber zur Mülltonne gehen.»

Meine Liebste strahlte übers ganze Gesicht, als wir wieder in unserer Wohnung waren. «Er hat angebissen», sagte sie.

Drei Tage später hörten wir das Trappschlurf noch immer. Wir waren mittlerweile dazu übergegangen, unsere Abende auswärts, im Büro, bei Freunden, in Bars und Kneipen zu verbringen, bis Herr Blunz mutmaßlich im Bett war. Am vierten Tag klingelten wir morgens seinen Nachbarn heraus und verwickelten ihn in ein Gespräch über Pantoffeln.

«So ein Zufall, dass Sie davon anfangen», sagte er. «Gestern war ich wieder bei Herrn Blunz, und wissen Sie, was der in seiner Büchervitrine stehen hat? Ein Paar Hausschuhe, High-Tech mit ungeheurem Tragekomfort, eine Revolution auf dem Pantoffelmarkt. Hat er von irgendjemand geschenkt bekommen.»

«Warum … warum trägt er sie nicht?», fragte ich.

«Er hebt sie auf, für besondere Anlässe», grinste der Nachbar.

In einer Krisensitzung beschlossen meine Liebste und

ich, zum Äußersten zu greifen. Wir kauften ein weiteres, billiges Paar Pantoffeln, klingelten bei Herrn Blunz und baten ihn eindringlich, diese zu probieren, sie seien noch viel besser als die vorigen.

Kaum hatte Herr Blunz uns mit den neuen Pantoffeln am Fuß den Rücken zugedreht, ließ ich die alten Holzschuhe unter meinem Sakko verschwinden. «Unser Telefon!», riefen wir dann, eilten in unsere Wohnung und klebten schnell die vorbereiteten Filzeinlagen unter die Holzsohlen. «Oh, entschuldigen Sie», sagte ich, als Herr Blunz auf mein Klingeln wieder die Tür öffnete, «ich hatte Ihre Schuhe noch in der Hand …»

Dann standen meine Liebste und ich mit angehaltenem Atem im Wohnzimmer. Die Schritte über uns waren deutlich leiser.

«Endlich», sagte ich, da drang aus Blunz' Wohnung ein ohrenbetäubender Rums.

Als er aus dem Krankenhaus zurückkam mit Gipsbein und Krücken, hörten wir ihn – Klackwummschlurf – doppelt so laut wie vorher.

Der Senkelgänger

Wenn ich neue Schuhe brauche, warte ich normalerweise, bis irgendwo in der Stadt ein neuer Schuhladen eröffnet, mit neuen Verkäufern, die mich noch nicht kennen. Diesmal konnte ich nicht so lange warten. Als schon wildfremde Menschen begannen, mir schamlos auf die Füße zu glotzen, setzte ich die alte Brille auf, die ich sonst nie mehr trug, und fuhr in ein großes anonymes Schuhgeschäft am Stadtrand.

In der Herrenabteilung tat eine Verkäuferin, als sortiere sie Schuhe. Erfreulicherweise kannte ich sie nicht.

«Ich brauche Schuhe», eröffnete ich und zeigte auf das mir einzig verbliebene Paar, das ich trug. «Am besten die gleichen wie diese hier.»

Sie sah längere Zeit auf meine Füße.

«Dieses Modell wird nicht mehr hergestellt», sagte sie endlich.

Damit hatte ich gerechnet, das ist immer so; sobald ich ein passendes Paar Schuhe finde, stellt die Schuhindustrie die Produktion dieses Modells ein, damit ich wieder bei null anfangen muss.

«Haben Sie etwas Ähnliches?» fragte ich. «Ein Nachfolgemodell?»

«Welche Größe?», fragte sie.

«Versuchen wir es mit 44», sagte ich und bemühte mich, meine Stimme optimistisch klingen zu lassen.

«44», nickte die Verkäuferin, führte mich zu einem Regal und zeigte auf einen Schuh, der meinem alten Modell sehr entfernt ähnelte.

«Gefällt er Ihnen?» fragte sie.

«Das ist egal», sagte ich, «ich bin schon froh, wenn er passt.»

Sie lachte auf, in der Annahme, ich hätte einen Witz gemacht.

Ich zog meinen Schuh aus, schlüpfte in den Probeschuh, schnürte ihn zu und stand auf.

Es gibt Menschen, die ich rückhaltlos bewundere. Menschen, die auf Anhieb sagen können, ob ihnen ein Schuh passt. Ich kann das nicht, ich habe nicht das richtige Gefühl im Fuß.

«Und?», fragte die Verkäuferin, viel zu früh.

Ich machte ein paar erste, vorsichtige Schritte zwischen den Regalen auf und ab.

«Passt er?», fragte sie weiter.

«Ich weiß es noch nicht», erwiderte ich. «Ich habe ihn ja gerade erst angezogen.»

Sie schwieg, leichte Enttäuschung im Blick.

Ich fing an, gemessenen Schrittes um ein Regal herumzugehen, setzte mich, entspannte kurz mit kreisenden Bewegungen meinen Fuß und drehte eine zweite Runde in die Gegenrichtung.

Ich spürte – nichts. Keinen Schmerz, kein Scheuern, nichts Unangenehmes.

Ich vollzog zwei weitere Runden mit leicht erhöhter Geschwindigkeit. Ich fühlte noch immer nichts.

Ich lockerte die Schnürsenkel etwas, sicherheitshalber, damit meine Fußnerven richtig durchblutet wurden.

Nichts.

Nach der nächsten Runde bückte ich mich und drückte mit dem Daumen auf die Schuhkappe, um zu spüren, ob meine Zehen noch da waren.

«Zufrieden?» fragte die Verkäuferin, die mir gefolgt war.

«Ich weiß nicht», erwiderte ich. «Was meinen Sie?»

Sie lächelte und zuckte die Schultern. «Das kann ich Ihnen nicht abnehmen. Ob Sie sich in einem Schuh wohlfühlen, das können nur Sie selber merken.»

Ich kannte diesen Spruch; seit meiner Kindheit weigert sich die Schuhindustrie so, Verantwortung für ihre Produkte zu übernehmen.

«Soll ich Ihnen», bot die Verkäuferin schnell an, als sie mein Gesicht sah, «dazu den anderen Schuh bringen?»

«Ja bitte», sagte ich.

Auch der linke Schuh fiel mir nach drei Regalrunden nicht unangenehm auf, beide Schuhe zusammen bei drei weiteren Runden ebenso wenig. Zu meinem Leidwesen, denn sonst hätte ich das Paar guten Gewissens aussortieren und zum nächsten übergehen können.

«Wie fühlen Sie sich?», fragte die Verkäuferin, als ich mit gesenktem Kopf in die sechste Runde ging. Aus den Augenwinkeln bemerkte ich, dass sie unruhig von einem Bein aufs andere trat.

Bis dahin waren allerdings kaum fünfzehn Minuten vergangen. Jetzt schon zu behaupten, dass die Schuhe passten, wäre ein schrecklicher Fehler gewesen. Ich habe einen Kollegen, der seine Schuhe immer sehr schnell kauft und sie dann viele Abende vor dem Fernseher massieren muss, weil sie zu eng sind. «Ich kann es noch nicht sagen», erwiderte ich.

«Gibt es denn etwas, das Sie stört?», fragte die Verkäuferin, leichte Ungeduld in der Stimme.

Ich zuckte die Schultern.

Sie gab nicht auf: «Nur von der Tendenz: Ist der Schuh zu klein? Oder zu groß?» Ihr Tonfall ähnelte dem, in dem man mit einem Kind spricht. Kindern allerdings vermisst man im Schuhgeschäft sorgfältig die Füße, Erwachsenen hilft niemand.

«Ich versuche, es herauszufinden», beschied ich.

Nachdem ich die Schnürsenkel nachgezogen hatte – sie hatten sich um Nuancen gelockert –, drehte ich zwei neue Runden ums Regal und versuchte, systematisch zu überlegen: Ich hatte keine Schmerzen, was hieß, dass die Schuhe nicht deutlich zu eng waren. Andererseits rutschten die Schuhe auch nicht so sehr, dass ich sie fast verlor.

Aber vielleicht spürte ich all das auch nur in der Aufregung des Schuhkaufs nicht.

Mein Blick begegnete dem der Verkäuferin.

«Es ist schwierig», sagte ich.

Sie nickte und stieß geräuschvoll die Luft aus.

Ich begann eine neue Runde. Ich schloss die Augen. Ich versuchte, mich zu entspannen und zu vergessen, dass ich in einem Schuhgeschäft war. Ich dachte an grüne Bergwiesen und glückliche Kühe. Ich dachte an das schwarze Paar Schuhe, das ich vor ein paar Jahren angeblich passend gekauft hatte und das ich tags darauf mit blutigen Fersen und halb wahnsinnig vor Schmerzen einem kichernden Radfahrer hinterhergeworfen hatte.

Da. Da war es. Etwas Unbestimmtes am linken Fuß, fast unmerklich und nicht genau zu lokalisieren. Ein Druck? Ein Ziehen? Jedenfalls ein Indiz, dass diese Schuhe offenbar doch zu klein waren.

Ich schlug eine weitere Runde ein und horchte intensiv in mich hinein. Das Gefühl blieb. Und dann spürte ich noch etwas, etwas Hartes, an beiden Füßen und am Oberkörper zugleich.

Ich riss die Augen auf.

Es war das Regal.

Die Verkäuferin starrte mich an.

«Da ist etwas», sagte ich, «am linken Fuß, ich bin mir ziemlich sicher …»

«Ich bringe Ihnen die Schuhe eine Nummer größer», sagte sie erleichtert.

Ich achtete darauf, die 45er Schuhe nicht fester zuzuschnüren als vorher die 44er, um den Größenunterschied nicht zu verfälschen.

Dann drehte ich eine Regalrunde. Da war kein Drücken und kein Ziehen, es war ein herrliches Gefühl.

Ich drehte zwei weitere Runden, bevor mir etwas einfiel: Was, wenn diese Schuhe am Ende zu groß waren?

Ich hatte schon einmal Schuhe besessen, die sehr bequem waren, die sich aber trotz immer dickerer Einlegesohlen weiteten und die ich verlor, als ich eines Heiligabends in letzter Sekunde vom Bahnsteig in den Zug sprang; die Blicke der Mitreisenden demütigten mich fünfeinhalb Stunden lang.

Ich drehte drei Runden ums Schuhregal und warf meine Füße dabei schwungvoll so hoch wie möglich. Die Schuhe blieben am Fuß, mein Unbehagen jedoch wuchs.

«Wie fühlen Sie sich?», fragte die Verkäuferin, die mittlerweile Gesellschaft von zwei Kolleginnen bekommen hatte.

«Ich bin mir nicht ganz sicher, ob die 45er nicht doch zu locker sitzen», sagte ich schwer atmend.

Die Verkäuferin warf einen Blick auf die Uhr.

«Vor allem an den Fersen bin ich mir nicht sicher», präzisierte ich. In Ermangelung einer anderen Treppe ging ich zur Rolltreppe.

«Was haben Sie vor?», fragte die Verkäuferin, hinter mir herlaufend.

«Ich will überprüfen, ob meine Füße beim Treppensteigen aus den Schuhen herausschlüpfen», sagte ich. Die Verkäuferin sprang hinter mir auf die Rolltreppe.

Nachdem ich etliche Minuten gegen die fahrende Treppe angegangen war, erhärtete sich mein Verdacht, dass die Schuhe zu viel Spiel hatten.

«Und?», fragte die Verkäuferin leicht angenervt und noch atemlos von der Rolltreppe. «Sind Ihnen die Schuhe nun zu groß?»

«Was denken Sie?», fragte ich.

Ihre Gesichtsfarbe veränderte sich leicht.

«Nicht ich kaufe mir Schuhe», sagte sie heftig. «Sie kaufen Schuhe. Und wichtig ist, wie Sie sich fühlen!»

Ich bewegte mich auf ein Dilemma zu. Konnte es tatsächlich sein, dass mir die 45er zu groß waren, die 44er aber zu klein?

«Haben Sie diese Schuhe in einer Zwischengröße?», fragte ich.

«Nein, warum?» fragte die Verkäuferin.

Ich zog wieder die 44er an und umrundete das Schuhregal dreimal, ohne den Druck von vorhin zu spüren. Ich tauschte die 44er gegen die 45er, ging drei weitere Runden, ließ meine Füße kurz ausruhen und zog erneut die 44er an. Wieder war kein Druck da, was aber auch daran liegen konnte, dass meine Füße vom ständigen Probieren so abgestumpft waren, dass ich keine Schmerzen mehr spürte.

Ich zog die Schuhe aus und kniff mir mehrfach in beide große Zehen. Doch, ich spürte noch etwas.

Die Kolleginnen der Verkäuferin zogen sich hinter ein Regal zurück und begannen zu schnaufen und zu prusten.

«Wissen Sie nun endlich, welche Ihnen besser passen?», fragte die Verkäuferin mit bebender Stimme.

«Noch nicht ganz», sagte ich wahrheitsgemäß. «Es ist nicht leicht, und ich möchte nicht die falschen Schuhe kaufen.»

«Dann habe ich einen Vorschlag», sagte sie, ihre Stimme mühsam beherrschend. «Sie probieren hier in aller Ruhe weiter; wir haben noch etwa zwei Stunden geöffnet. Und falls Sie irgendwann wissen, welcher Schuh es sein soll, sagen Sie mir Bescheid!»

Sie wollte sich hastig entfernen.

«Bitte warten Sie», bat ich. Sie blieb widerwillig stehen.

«Ich hatte doch vorhin den Verdacht, dass meine Zehen in den 44ern etwas zu wenig Platz haben, vor allem im linken», sagte ich. «Könnten Sie als Expertin sicherheitshalber mal fühlen?»

Sie seufzte, kniete vor mir nieder und drückte mit dem Daumen auf den Schuhkappen herum.

«Sie haben jede Menge Platz», sagte sie, sich aufrichtend.

«An beiden Füßen?», fragte ich, «auch am linken?»

«Am linken haben Sie besonders viel Platz», sagte sie. «Sie können völlig unbesorgt sein. Wenn Sie mich entschuldigen würden: Ich hatte heute noch keine Nachmittagspause …»

Aber ich war alles andere als unbesorgt.

«Heißt das, die 44er könnten am Ende nicht zu klein, sondern vielleicht sogar eine Spur zu groß sein?» rief ich ihr hinterher.

«Das kann ich mir nicht vorstellen», bellte sie über die Schulter zurück.

Um sicherzugehen, drehte ich vier Runden mit unterschiedlich fest angezogenen Schnürsenkeln. Dann zwei weitere, bei denen ich meine Füße erneut schwungvoll nach oben warf. Zum Schluss absolvierte ich den Rolltreppentest.

Wenn die 44er zu groß waren, waren sie so wenig zu groß, dass es nicht leicht zu merken war.

Ich beschloss, das durch eine letzte Gegenprobe abzusichern.

«Würden Sie mir diese Schuhe zur Sicherheit noch einmal in 43 holen?», fragte ich, als ich die Verkäuferin gefunden hatte; sie kauerte in der entferntesten Ecke der Abteilung hinter einem Schuhregal.

Sie warf mir einen verächtlichen Blick zu, als sie mir die 43er vor die Füße knallte.

Ich hatte Mühe, meine Füße hineinzuzwängen.

«Es sieht aus, als passten Ihnen diese Schuhe perfekt», sagte die Verkäuferin mit gespielter Euphorie. «Die Kasse ist gleich da hinten!»

Ich beachtete sie nicht.

Nach vier gehumpelten Regalrunden mit zusammengebissenen Zähnen zog ich wieder die 44er an. Die Verkäuferin trat mir in den Weg: «Also sollen es die 44er sein?»

«Eine Frage noch», sagte ich. «Kann es sein, dass mir diese Schuhe morgen oder übermorgen auf einmal viel schlechter passen als jetzt?»

Die Verkäuferin sah mich fassungslos an.

«Ich meine, kann es sein, dass meine Füße jetzt, zu dieser Tageszeit, gerade ungewöhnlich klein oder ungewöhnlich groß sind?», fügte ich hinzu.

«Es ist kurz vor neunzehn Uhr», herrschte sie mich an. «Das ist die beste Zeit, Schuhe zu kaufen, denn der Fuß ist vom vielen Herumgehen am Tag am größten.»

«Ich habe einen eher sitzenden Beruf», erklärte ich. «Ich gehe tagsüber nicht so viel herum wie beispielsweise ein Bauarbeiter ....»

«Das macht gar nichts», zischte sie, «Sie sind ja schon seit Stunden hier und rennen um dieses Schuhregal!»

«Sie meinen also, diese Schuhe passen mir?», fragte ich.

«Ich sagte: Sie haben genug Platz», schrie sie. «Ob Ihnen die Schuhe passen, das können nur Sie selber beantworten! Kapieren Sie endlich?»

«Ich habe aber etwas schwierige Füße», sagte ich, «und wäre Ihnen dankbar für einen kleinen Tipp ...»

«Ich darf Ihnen keine Kaufempfehlung geben», schluchzte sie, «aus rechtlichen Gründen. Aber ich kann Ihnen anbieten, dass Sie diese dämlichen Schuhe mit nach Hause nehmen. Sie können Sie zu Hause tragen, Sie können die ganze Nacht überlegen, ob sie passen, zusammen mit Ihrer gesamten Familie. Sie können auch noch drei weitere Tage und Nächte überlegen. Und wenn die Schuhe nicht passen, dann bringen Sie sie zurück!»

«Nein danke», sagte ich und dachte an meine Liebste, die niemals log, die aber behauptet hatte, sie sei krank, nur um nicht mit mir in dieses Schuhgeschäft zu müssen. Ich musste selbst zu einer Entscheidung kommen, zumal meine Finger schon blutig vom vielen Zuschnüren waren.

«Ich nehme die 44er», sagte ich.

Die Verkäuferin ließ das Taschentuch sinken, mit dem sie ihre Tränen abgewischt hatte.

«Danke», sagte sie. «Ich bringe Sie zur Kasse.»

«Einen Moment», sagte ich und sah auf meine Füße. «Diese Schuhe wirken ja bereits ein bisschen mitgenommen, vermutlich haben die schon viele Kunden anprobiert ...»

«Überhaupt kein Problem», sagte die Verkäuferin und zückte ihr Handy, «ich lasse Ihnen ein nagelneues Paar zur Kasse bringen. Gehen wir! Los!»

Ein Spalier von Verkäuferinnen verfolgte mit angehaltenem Atem, wie ich an der Kasse meine neuen Schuhe in Empfang nahm und dem Kassierer meine Kreditkarte reichte.

Und dann, gerade noch rechtzeitig, fiel mir etwas Wichtiges ein.

«Sagen Sie», fragte ich die Verkäuferin, «sollte ich die neuen Schuhe nicht schnell noch mal anprobieren?»

Tasche ohne Boden

Wie gefällt dir meine neue Tasche?», fragte meine Liebste und deutete auf ihren Arm, an dem etwas Silbernes baumelte.

«Prima!», sagte ich etwas kurz, denn wir näherten uns unserer Haustür, und ich trug in beiden Händen schwere Einkaufstüten.

«Habe ich mir gestern gekauft», sagte meine Liebste und schlenkerte die Handtasche hin und her. «Meine alte rote war seit langem hoffnungslos zu klein.»

«Oder du hattest zu viel drin», sagte ich.

Meine Liebste öffnete schon den Mund, um das entschieden abzustreiten, als wir vor unserer Haustür ankamen.

«Moment», sagte sie, «der Schlüssel, warte …»

Sie griff in ihre neue Handtasche, suchte und zog ihre Hand leer heraus. Sie legte die Stirn in Falten. Sie griff mit der anderen Hand in die Handtasche. Vergeblich.

«Warte», sagte sie, denn ich wollte schon die Einkaufstüten abstellen und meinen eigenen Schlüssel aus der Tasche ziehen, «warte doch, ich habe ihn schon!»

Sie nahm ihre Handtasche von der Schulter, hielt einen Henkel mit dem Kinn und durchwühlte sie mit monotonen Bewegungen, so ähnlich, wie eine Katze sich ein Klo gräbt. Schließlich setzte ich die Tüten doch ab, rücksichtsvoll bemüht, nicht zu seufzen. «Soll ich …»

«Nicht nötig», unterbrach meine Liebste eindringlich, «er muss irgendwohin gerutscht sein, einen Augenblick nur …»

Als sie beim dritten Wühldurchgang war – mittlerweile waren zwei Nachbarn mit hilfsbereitem Blick vorbeigekommen –, zog ich sanft meinen Schlüssel aus der Tasche und schloss auf.

«Ich verstehe das nicht», sagte meine Liebste im Fahrstuhl, immer noch wühlend, «ich weiß genau, wie ich ihn eingesteckt habe …»

«Möglicherweise liegt es an deiner neuen Handtasche», sagte ich. «Kann es sein, dass sie etwas zu – voll ist?»

Meine Liebste warf mir einen beleidigten Blick zu.

Auch mit ihrer vorigen Handtasche, der kleinen roten, hatte es schon Vorfälle gegeben. Etwa die Kreditkarte, die nicht auffindbar war, als wir in London an der Rezeption standen und das Hotel bezahlen wollten. Stattdessen hatte sie alte Kinokarten, zerbröckeltes Aspirin, ein Haarshampoo, einen abgelaufenen Müsliriegel und den Flaschenöffner aus dem Hotelzimmer hervorgeangelt, unter dem genervten Blick des Rezeptionisten.

«Ist eigentlich die Kreditkarte wiederaufgetaucht?», fragte ich, als die Liebste ihre Tasche auf den Küchentisch gestellt und den Schlüsselbund mit einem Handgriff herausgefischt hatte.

«Schau!», sagte sie und hielt eine kleine Plastikhülle hoch. «Ich habe meinen Führerschein wiedergefunden, ist das nicht toll?»

«Toll», sagte ich und sah fassungslos zu, wie sie den Führerschein wieder in die Handtasche gleiten ließ. «Warum machst du das? Du hast ihn doch gerade erst gefunden!»

Sie sah mich verständnislos an. «Ich muss ihn schließlich dabeihaben. Und es ist genug Platz in der Tasche.»

Meine Liebste arbeitete heftig daran, das zu ändern. Allein an einem einzigen Morgen ließ sie vor meinen Augen ein Deo, eine Sonnenmilch, ein Parfum und eine

Ersatzhalskette in der Handtasche verschwinden und fügte in der Küche noch eine Packung Studentenfutter, Kekse und ein kleines Mineralwasser hinzu.

«Es geht mich zwar nichts an», sagte ich, «aber warum schleppst du unseren halben Badezimmerschrank und ein Mittagessen mit dir herum?»

«So viel ist es nun auch nicht», sagte sie.

«Doch», insistierte ich, «das wäre so, als würde ich in meine Laptoptasche zusätzlich meinen Rasierapparat, mein Aftershave, eine Ersatzuhr, ein paar Tafeln Schokolade und eine Flasche Cola quetschen. Du brauchst das ganze Zeug doch gar nicht!»

Meine Liebste lächelte überlegen. «Wenn ich es nicht bräuchte, würde ich es doch nicht mit mir herumtragen!»

In nächster Zeit häuften sich die Vorfälle.

Da war der Geldautomat, an dem meine Liebste heftig wühlend ihre EC-Karte suchte, während die fünf Wartenden hinter uns die Augen verdrehten und ich alles, was beim Suchen aus der Tasche fiel – eine Handvoll Tampons, ein Joghurtlöffel und ein mumifizierter Apfel –, hastig aufsammelte. Schließlich zog ich auch Geld, bevor man uns vom Kassenautomaten wegdrängte.

Da war das Rezept für ein Heuschnupfenmittel, das meine Liebste in der Apotheke nicht finden konnte, weswegen sie zurück zum Arzt ging und sich ein weiteres ausstellen ließ. Aber zurück in der Apotheke, fand sie auch das Neue nicht. Da der Arzt sich weigerte, ihr ein drittes auszustellen, kam sie abends ohne Heuschnupfenmittel nach Hause, kippte ihre Tasche auf dem Sofa aus und fand beide Rezepte in Sekunden.

«Was für ein Unsinn», sagte sie, als ich ihr riet, künftig immer eine große flache Schale mitzunehmen, in die sie ihre Tasche direkt im Geschäft oder am Geldautomaten auskippen könnte. «Ich finde doch alles, was ich brauche!»

Und dann kam kurz darauf der Anruf meiner Liebsten. Sie war einkaufen, und ihre Stimme klang bedrückt.

«Ich bin im Laden an der Ecke», sagte sie. «Und ich finde meinen Geldbeutel nicht. Komm schnell!»

Sie stand mit rotem Kopf vor der Kasse; der stämmige Filialleiter, der uns sonst immer freundlich grüßte, versperrte breitbeinig und mit bissigem Blick den Ausgang.

«Wurde aber auch Zeit!», pampte er, als ich ankam.

Unter hasserfülltem Gemurmel der schlangestehenden Gaffer löste ich meine Liebste aus.

«Warum nimmst du beim nächsten Mal nicht einfach den größeren Geldbeutel?», fragte ich, nachdem sie zu Hause auf dem Sofa den kleinen Geldbeutel gefunden hatte.

«Aber der größere», sagte meine Liebste, «ist doch fast so groß wie die ganze Handtasche.»

«Eben», sagte ich, «den findest du sofort!»

Meine Liebste beobachtete, wie ich den mumifizierten Apfel unter einem Berg von Notizzetteln, einer Gefriergeräte-Gebrauchsanweisung, einem Schreiben der Bank zur Jahrtausendwende und einem nicht eingelösten vergilbten Lottoschein hervorzog und nachdrücklich zur Seite legte.

«Vielleicht hast du ja Recht», sagte sie.

Am nächsten Tag war ich beruflich unterwegs. Als mich die Liebste abends vom Flughafen abholte, starrte ich sie ungläubig an. Das heißt nicht sie, sondern die Handtasche, die sie trug. Sie war blau. Und deutlich größer als die silberne.

«Die habe ich heute Mittag gekauft», sagte meine Liebste nebenbei. «In der silbernen war viel zu wenig

Platz, allein für den großen Geldbeutel. Keine Sorge, sie war ein echtes Schnäppchen.»

«Du weißt, ich mache mir wegen etwas anderem Sorgen», sagte ich. «Diese Tasche ist noch viel größer als die andere.»

Sie lachte.

«Komm, so groß ist sie nun auch nicht. Ich habe es heute gleich ausprobiert: Ich habe mir neue Hausschuhe gekauft und sie problemlos unterwegs wiedergefunden.»

«Hast du es auch mit der Kreditkarte probiert?», erkundigte ich mich.

«Die suche ich bei Gelegenheit raus», sagte sie.

Wir waren mittlerweile beim Auto angekommen, und sie begann, nach dem Autoschlüssel zu wühlen. Vor Wochen hatte ich an ihrem Schlüssel einen gehörigen Klotz aus Holz befestigt, aus sehr leichtem Holz, in der Hoffnung, dieses würde in der Tasche oben schwimmen. Meine Hoffnung erfüllte sich nicht; auch als ich nach geschlagenen fünf Minuten selber zu suchen begann, fand ich nur einen Glasengel, eine Faksimileausgabe von Winnie-the-Pooh und einen neuen Hausschuh.

«Der andere muss auch noch irgendwo sein», sagte meine Liebste, «ich hatte noch keine Zeit, sie auszupacken ...»

«Natürlich nicht», sagte ich, «lass uns zurück in die Ankunftshalle gehen und diese verdammte Tasche auskippen!»

Der leere Lufthansa-Counter war ziemlich groß und reichte knapp für den Tascheninhalt. Als Erstes kollerte mir der mumifizierte Apfel entgegen. Ich warf ihn mit Nachdruck in einen Mülleimer und deutete auf ein paar von Gummibärchen zusammengehaltene Papiere. «Warum schleppst du all diese Kassenbelege mit dir herum?»

«Ich hebe sie nur in der Tasche auf, bis wir uns einen Aktenvernichter kaufen», sagte meine Liebste, «darüber wollte ich bei Gelegenheit mit dir sprechen.»

Ich stieß ein schrilles Lachen aus und riss den abgelaufenen Schokoriegel auf, den ich gefunden hatte, denn ich hatte starken Hunger.

«Was suchen Sie da?», fragte eine Stimme hinter uns. Es war ein Zollinspektor.

«Sie werden es nicht glauben», stotterte ich, «aber ...»

«Ich glaube Ihnen, ich kenne das», nickte er. «Also: Was ist in der Handtasche verschwunden?»

Er hatte ein geschultes Auge, nach kaum einer halben Minute hatte er unseren Autoschlüssel ausfindig gemacht.

«Behalten Sie ihn unbedingt in der Hand, bis Sie am Auto sind», raunte er mir zum Abschied zu. «Ich habe am Schlüssel meiner Frau einen Piepser befestigt, damit man ihn leichter orten kann ...»

Auf der Heimfahrt legte ich meiner Liebsten ultimativ nahe, den Tascheninhalt zu reduzieren. «Ich mache mir sonst Sorgen», schloss ich, «Sorgen, dass du irgendwann alleine nicht mehr zurechtkommst!»

Nach kurzem Nachdenken schlug meine Liebste vor, eine zweite, kleinere Innentasche anzuschaffen, für Gegenstände, die man besonders schnell finden müsse.

Ich rang die Hände. «Dann wird die Tasche nur noch schwerer! Denk an deine Wirbelsäule!»

Meine Liebste sagte, das sei kein Problem; seit sie immer zwei, drei Bücher für die U-Bahn eingesteckt habe und diesen Wasserkocher, den sie ihrer Mutter schenken wolle, fahre sie sowieso lieber mit dem Taxi.

«Aber warum?», rief ich. «Warum nur musst du ständig den sinnlosesten Krimskrams mit dir herumschleppen?»

«Krimskrams?», rief sie. «Wenn wir ins Kino gehen, bist du doch ganz dankbar, dass ich deine Brille in meine Handtasche packen kann.»

«Das würde ich nie wieder tun», rief ich schaudernd. «Wo ist eigentlich meine Brille?»

«Ich suche sie bei Gelegenheit raus», sagte meine Liebste.

In der kommenden Woche beobachtete ich, dass sich auch die blaue Tasche unerbittlich füllte, trotz ihrer Größe sogar noch schneller als die Taschen vor ihr. In wenigen Tagen, das ließ sich ganz einfach errechnen, würde meine Liebste wieder eine neue, größere Tasche kaufen.

In dieser Nacht träumte ich, dass sie sich eine gigantische rosafarbene Handtasche auf Rädern zulegte, die ich hinter ihr her durch die Fußgängerzone zerren musste, zum Gespött aller männlichen Passanten.

Als ich am nächsten Abend nach Hause kam, stand im Flur eine nagelneue, riesige lilafarbene Handtasche. Meine Liebste kam bestürzt auf mich zugelaufen.

«Meine blaue Tasche», sagte sie mit roten Augen, «meine blaue Tasche ist weg, mit allem, was drin war. Ich habe schon überall in der Wohnung gesucht, ich habe im Handtaschenladen angerufen, bei der Taxizentrale, nirgends eine Spur. Was soll ich nur machen?»

Ich nahm sie tröstend in den Arm. Ich hatte Mühe, meine ungeheure Erleichterung zu verbergen. Meine Liebste würde Monate brauchen, um wieder so viel Kram zusammenzukriegen.

«Du hast schon alles versucht; mehr kann man nicht machen», sagte ich sanft. «Komm, ich lade dich zum Essen ein. Soll ich die kleine rote Handtasche aus dem Handtaschenschrank holen?»

Als ich die große lila Handtasche schulterte, um sie wegzuräumen, fiel mir auf, dass sie ziemlich schwer war.